Lorenz Hübner

Hainz von Stain der Wilde

Ein vaterländisches Schauspiel in fünf Aufzügen

Lorenz Hübner

Hainz von Stain der Wilde
Ein vaterländisches Schauspiel in fünf Aufzügen

ISBN/EAN: 9783743483576

Hergestellt in Europa, USA, Kanada, Australien, Japan

Cover: Foto ©Andreas Hilbeck / pixelio.de

Manufactured and distributed by brebook publishing software (www.brebook.com)

Lorenz Hübner

Hainz von Stain der Wilde

Hainz von Stain
der
Wilde.

Ein vaterländisches Schauspiel

in

fünf Aufzügen.

- - - - - Lacrymae que decorae,
Gratior et pulcro veniens in corpore virtus.

Virgil. Aeneis 5.

1782.

Personen.

Hainz von Stain, der Wilde.

Hanns Graveneker, Meier von Trosberg.

Walltraud, Gravenekers Tochter.

Siegfried, Gravenekers Pflegesohn.

Eve, Hainzens Vertraute.

Stauzer, Hainzens Wahrsager.

Diez)
Kunz) Hainzens Reisige.
Ulrik)
Neidhard)

Skartleute) Hainzens.
Knechte)

Mädchen und Jünglinge in Banden.

Münchner) Kürisser.
Salzburger)

Der Ort der Geschichte ist Bayerns Felsenburg
Stain bey Altenmarkt: die Zeit, ein bürger=
licher Tag.

Erster Aufzug.

Erster Auftritt.

Morgen.

(Schloßhof. Auf beiden Seiten Rasenbänke, und abge=
riſſene Felſenſtücke, zu Sitzen geformet. Im Hin=
tergrunde iſt die Felſenburg, wohin eine aufwärts
gezogene Fallbrücke führet, in ihrer fürchterlichen
Architektur zu ſehen.)

Hainz von Stain. Diez und Neidhard,
zwey Reiſige. Zwey Mädchen mit gebun=
denen Händen. Knechte.

Hainz

(eben vom Abentheuer zurück, indem er dem Diez ſei=
ne Rüſtung hinübergibt, und ſich die Stirne wiſcht.)

Das hat gegolten, Purſche! — das war mehr,
als eine Schnepfenjagd. So einen Fang machen
wir nicht alle Tage. — Glaubſt du das, alter

Bu=

Bube? (zu Diez, indem er ihn auf die Achsel klopft) — Ein paar Mädchen dem alten Maxlrainer abgejagt, die er für sein ganzes Gütchen nicht gegeben haben würde! — — Sieh nur, (zu Diez) wie sie, da stehen — die blauaugichten Dirnchen da; und den wilden Hainz fürchten, — der, du kennest ihn, wenn er sein Visir, und sein Waffenhemd vom Leibe hat, ausser dem zotichten Knebelbart da nichts wildes mehr gegen Mädchen hat: — — Wills ablegen, rein ablegen, mein Täubchen: (nähert sich den gefangenen Mädchen mit schmeichelnder Mine) — vergesset nur den alten Murer von Maxlrain, der euer nicht werth war; und wartet mein, das ich euch kosen, und froh machen kann, mehr, als ihr je waret. — (zu Diez.) Diez! nimm ihnen die Stricklein ab; sie werden uns nicht mehr entlaufen, und gerne bey uns bleiben, hoff ich. — (Diez bindet ihnen die Hände los.) Man soll ihrer gut warten; ihnen brav zu essen, und zu trinken geben, so viel sie selbst mögen, — diese lieben Kriegsgefangenen da: — Sags der Hausdirne, Diez! — und den Küchejungens — das will ich durchaus. — — Führ sie indessen hinauf in die Stube — links am Brunnen, du weißt es, Diez! — dort soll man euch tischen, Mädchen! wonach euchs gelüstet.

Diez. Soll ich sie nicht hinauf zu denen aus Schwaben führen, Herr! — Die droben sind lustigen Muths, und versingen den Tag in die Wette: diese da sind noch ganz stuzig, und hängen die Köpfe, wie ein paar gestohlene Windhunde.

Hainz.

Hainz. Sie werdens nicht thun, wenn sie ihres neuen Herrn nähere Kundschaft haben werden. — (zu den Mädchen) Gehet, Kinderchen: doch — (indem er sie küssen will) nehmet erst das mit euch auf den Weg. — (sie stämen sich dagegen) — Ihr sträubet euch? — Nur Geduld, das wird sich schon geben. (Sie gehen ab: Hainz sieht ihnen schmunzelnd nach) Ein stattlicher Fang! — — (zu Neidhard) Aber he! Neidhard! — Das sind ja nur zwey? Wo ist die schöne Trosbergerin! die ich unten am Hard haschte, und hieher bringen ließ?

Neidhard. Wo sie ist? — Kunz hat sie auf die grosse Stube gebracht: sie lag in Ohnmacht, wie er mir sagte; und weil sie so mürbe ist, wie eine neugebackene Torte, so getraute er sie kaum anzufassen. Vermuthlich wird sie sich wieder erholet haben. Soll ich hingehen, und sie euch bringen?

Hainz. Lasset sie: sie möchte krank werden; und das wollte ich um aller Welt Willen nicht: sie ist ein Leckerbissen für ihren Eroberer, wonach mir der Gaumen schon lange gewässert hat. — — Sie war ohnmächtig, sagst du?

Neidhard. Sie war ohnmächtig, Herr: — — Doch Kunz wird sie mit einem Kübel Wasser schon wieder ins Leben genetzet haben. — — Was, Henker! soll das mit Weiberohnmacht seyn? — Ich, Herr, ich stand einmal so eine Ohnmacht aus, die ich um des Kaisers Krone nicht wieder ausstehen möchte. — Als ich in München droben zum Galgen geführet wurde, (das war, Gott lob, vor 10 Jahren) — schon oben auf der obersten Sprüssel

der

der Galgenletter stand — im geduldigsten Erwarten
des fatalen Zuschnürens —; und nun — Gnade,
Pardon rufen hörte! — Herr! wie mir da die Knie
wurzab brachen, und ich dem Henker in die Arme
sank, als wäre ich bereits des Todes: — Würde
eben so leicht gestorben, als wieder ins Leben auf=
gewachet seyn. — Oh! ich empfinde das noch in
jedem Gliede.

Hainz. So machte dich dein Schicksal zum Man=
ne, der du werden solltest (klopft ihm auf die Achsel)
Neidhard! du bist meiner tapfersten Heureiter einer!
— — Doch geht itzt; bring sie mir her, wenn
sie sich regen kann; aber feindselig mußt du nicht
drein sehen, Pursche! und finster, als wenn du
Junker schlizen wolltest, verstehst mich? nimm dei=
ne Junggesellenmine an dich.

Neidhard. Wills versuchen, Herr! ob schon
ein alter Kerl keine Hundsseele mehr minnen kann.

(geht ab.)

Hainz. (zu den übrigen Knechten.) Ihr anderen!
frühstück.t erst mit euern Weibern, und denn thei=
let die Feldwache unter euch. Zwey ziehen längst
dem Harbe bis zu den äusseren Warten hin; und
andere zwey bewachen die Gegenden vor der Fall=
brücke. Rühret sich etwas gegen Maxlrain, oder
Trosberg zu, so stosset ins Horn, und ziehet die
Fallbrücke auf! bis ich euch zu Hilfe komme.

(alle Knechte gehen ab.)

Zwey=

Zweyter Auftritt.

Hainz allein.

Haſt viel über dich genommen, Hainz! — — München, und Salzburg, und ihre Bundsleute die Menge — ſie ſitzen dir mächtig auf'm Nacken — werden dir den Balg ſtreifen, wenn ſie dich haſchen. — Pah! haſchen! die Lecker! — als wenn Hainz ſo leicht zu haſchen wäre! — Dieſe Felſen trotzen jedem Ueberfalle; und auf offenem Felde nimmts Hainz mit nochmal ſo vielen auf, und ſpottet ihrer tauſende. Meine Knechte kämpfen für Freyheit, und Leben, den höchſten Preis, für welchen Kämpfe wichtig ſeyn können. — Weg mit dieſer Grille! — — Sie kommen nicht — auch Neidhard nicht? — Will ſelbſt gehen, und die ſchöne Frucht meiner nächtlichen Streifzüge mit eigenen Händen laben.

(gehet ab.)

Dritter Auftritt.

(Eine wilde, finſtere Stube in der Felſenburg. Wall= traud ſitzt auf einer ſteinernen Lehne, in der kläg= lichſten Stellung. Kunz ſteht neben ihr.)

Walltraud. Kunz.

Walltr. Mich ſo fortzuſchleppen — — in die= ſes Räuberneſt her — aus den Armen meines al= ten Vaters — der ſich um ſeine Tochter tod grä=

men

men wird — dem ich alles war! — Gerechter Gott! womit hab ich das verschuldet? — womit verschuldete das mein grauer Vater? — — Und mein Siegfried! Gott! mein Siegfried! — — Unmenschen ihr! — O das ich gegen euch nur zu gelinder Ausdrücke fähig bin! — — Was hab ich, was hat mein Vater, unbeleidigend, wie ein Schatten, mit euren wilden Fehden, und Räuberhändeln zu thun? — das ihr unsre Ruhe störet, und unsre einsame Hütte zum Augenmerk eurer gottlosen Streifzüge machtet? — — Habe ich je, oder hat der meinigen jemand einem eurer Knechte etwas zu Leide gethan? — Gott! und uns so zu begegnen! (Sie weinet.)

Kunz. Thu nicht so wimmerlich, Mädchen! — wer will dir denn Böses? — — Sieh: mit unsern Fäusten solls der zu schaffen haben, der dir übles will. — Hainz, unser Herr, — weißt du, der grosse, ringsher gefürchtete Herr dieser Felsenburg — dieser ist rasend in dich verliebt. — Freue dich, Mädchen; du bist in den Händen Hainzens von Stain! — —

Walltr. (Schnell auffahrend.) Gott! was sagtet ihr? — in den Händen des Hainzens von Stain? — des wilden, unmenschlichen Räubers, der unsre Gegenden schon mehr als 30mal geplündert hat! — Gott! Gott! (Zerrauffet sich die Haare, und schlägt sich vor den Kopf.)

Kunz. Was ist dir denn, Närrin? — kannst du in den Händen Hainzens dich fürchten, der im Umkreise von 30 Meilen gefürchtet wird; — aber

nur

nur Feinden schrecklich ist, und Männern, die ihm
Böses wollen? — — Sey getrost, Walltraub!
Hainz, der wilde, finstere Hainz ist den schönen
Mädchen nicht wild, nicht finster gegen ein holdes
paar Augen, die, wie die deinigen, reizen. — —
Hainz liebt dich, glückliches Mädchen! und, wenn
du — — —

Walltr. Wenn ich — ihn lieben könnte! —
ihn — dieses Raubthier, dessen blutige Klauen von
Mordthaten rauchen; und dessen Herz gegen das
Flehen und Händeringen der Wehrlosen steinern ist!
— — den soll ich lieben können! — ihn lieben,
den Mörder von tausenden! — — Gott! in welche
Hände bin ich gerathen!

Kunz. Du bist wahnsinnig, Mädchen! — in
die besten Hände, in die du nur fallen konntest! —
Er selbst haschte dich dort am Harde, als du ins
Dickicht entfliehen wolltest: trug dich unter Küssen — —

Walltr. Gott! schon geküsset! — —

Kunz. Nu: was soll das? — Unter Küssen,
sagte ich, trug er dich auf seinen Armen, in denen
du außer Athem lagest, bis an unsre Grenze her,
wo ich Wache hielt; und übergab dich mir. — —
„Kunz! sprach er, der schönste Fang, den ich je
gemacht habe? Sorge des Püppchens: ich gehe meine Knechte zu sammeln, und komme bald wieder:
es ist der Arbeit genug.“ So sprach er, und sah
sich wohl dreyßigmal nach dir um, als er auf seinem Hengst nach den Rainen des Harbs zurück flog,
wo die Buben versteckt lagen. — — Fasse dich,
Mäd-

Mädchen! — Hainz ist dir gut, seelengut ist er dir: dein Weinen würde ihn dir nur gram machen.

Walltr. Gott! Gott! laß mich Tod werden, und die Schand nicht überleben, von Hainzen geliebt zu werden — Vater! Siegfried! was wird aus euch werden?

Vierter Auftritt.

Neidhard tritt herein.

Neidh. Ah! da ist sie! — — Herr Hainz will dich sehen, Mädchen! Er begehrt dein. Sollst dich nicht fürchten, sagt er: er kanns mit schönen Mädchen so gut, als einer von den gekämmten Pin=s 'i Städten, sagt er, die euch nur umgaukeln, wie Spätzchen; mit Männerernst nicht glüen, wie unser einer, derer Herz zwar seltner Feuer fängt; aber, wenns einmal warm geworden ist, wie ein Schmelzofen in Feuerfluthen zerrinnt, und selbst durch Sturmwinde unauslöschlich brennt. — — Sollst ihn nur sehen, Mädchen: Ein Mann von Fleisch und Nerven; und stark, wie eine Eiche auf dem höchsten unsrer waldichten Gebirge. — — Komm; wisch die nassen Augen dir ab; und freue des Glü=ckes dich, von so einem grossen Herrn geliebt zu seyn. (Er will sie bey der Hand nehmen.)

Walltr. (stößt ihn zurücke.) Lasset mich! — Unmenschen! lasset mich! — Ich will ihn nicht se=hen, den Verwüster meines Vaterlandes, dieses Scheusal des Menschengeschlechtes. Er soll sich Ty=

ger

ger aus Afrika holen, und nach Löwinnen ausziehen, um Liebkosungen zu erobern — um Gegenliebe zu verdienen. — — — Bayerns Mädchen halten auf Zucht und Ehre. — Gott! ich vergehe — in Räubers Händen!

Kunz. Gebärde dich nicht so, — du möchtest unsre Geduld! — — Komm, oder — — (für sich) Ich möchte das wächserne Ding ins Koth treten; — wie sie sich ziert!

Neidh. (Leise zu Kunzen.) Mäßige dich, Kamerade! — — Er hat es bey Kopfstrafe verbothen, ihr nicht übel mitzufahren. — Du kennest seinen Zorn. — — Doch sieh! er kömmt selbst. —

Walltr. Gott! er selbst! — Ich vergehe!

Fünfter Auftritt.

Hainz, und die Vorigen.

Hainz. (zu den zwey Reißgen, die bey seiner Ankunft etwas zurücke treten.) Hat sie sich schon erholet?

Kunz. Nun raset sie.

Hainz. Nicht doch, mein schönes Kind! (indem er zu Walltraud sich wendet, und ihr die Backen streichelt) nicht doch! mußt nicht greinen! — blick einmal auf: sieh; dein Liebhaber steht in Lebensgrösse vor dir; will dich küssen, kleine Schöne!

Walltr. (fährt auf.) Daß dich die Hölle, Satan! — — (stößt ihn von sich.) Umbringen sollst du mich, aber nicht küssen.

Hainz.

Hainz. Nicht doch, nicht doch! — du tobeſt ja ärgerlich, Mädchen! — als wenn du unter wilden Menſchenfreſſern wohnteſt, die ihre Rachen nach dir öffneten, und dich zu verſchlingen drohten! — Walltrautchen! — ſchau lieblich: — Hainz iſt kein Menſchenfreſſer, kein Ungeheuer, das dir was Leides will.

Walltr. Aerger, als Menſchenfreſſer, und Ungeheuer! — — Ein Straſſenräuber!

Hainz. Mädchen! dieſes Wort ſollte dir den Kopf gelten, wenn du nicht Mädchen wäreſt! — dein Auge wirkt dir Verzeihung. — Bin ich nicht der vornehmſten Ritter einer, die deutſcher Boden trägt? — — Sind meine Fehden nicht gerecht, die ich nur für die Vergnügen meines Herzens führe, die mir München und Salzburg, und ihre neidiſchen Sklaven mißgönnen? — — Mädchen! ihr ſeit der Zankapfel zwiſchen mir, und dieſem ſtrengen, neidiſchen Lande ringsher.

Walltr. Die du entunehren, ihres Vaterlandes unwürdig machen willſt! — Iſt das ſchön, iſt das ritterlich?

Hainz. Ritterlich iſt, was durch die Fauſt zum Rechte wird. Ritter kennen keine Geſetze, als die ihres Herzens. — Oder hat die Natur Geſetze, die unſrer Mädchenſucht Grenzen ſetzen?

Walltr. Das Vaterland hat Geſetze, Wüterich! die dir heilig ſeyn müſſen! „Schone der Mädchen Ehre, und ſpotte der Zucht des ſchwächern Geſchlechtes nicht:" Kenneſt du dieſe Geſetze?

Hainz.

Hainz. Ich kenne diese Gesetze des Wahnsinns, von albernen Greisen entworfen, und von schalen Köpfen geprediget, welche Schnee in den Adern, und Eis in den Lenden hatten; Halbmenschen, und Kapaunen des Männergeschlechtes! — —

Walltr. Du sprichst ganz die wilde Sprache des Lasters.

Hainz. Ich spreche die Sprache meines Herzens — Doch was soll Wortkampf mit einem holden Mädchen, (schmeichelnd) daß nur aufblicken darf, um selbst Felsenherzen zu schmelzen. — Walltraud! habe ich gar nichts zu hoffen? gar nichts?

Walltr. Kannst du noch hoffen, Gottloser? — Du hast Macht über mein Leben, aber keine auf mein Herz. (Sie stößt ihn von sich) — Zurück Abscheu meiner Augen, Gräuel der Welt!

Hainz. Ist Walltraud unerbittlich? — Sie, wegen der ich so viele Nächte im Waffengerüst wachte! die mich mehr Auflaurens kostete, als alle meine Eroberungen von der Zeit meines Kriegsstandes an! — (für sich) Doch, sie ist ein Mädchen: — man muß sie vertoben lassen: ich bin dieser Auftritte schon gewöhnt. Kunz, führ sie auf das kleine Gemach, du weißt es, — begegne ihr nicht übel; das laß dir gesagt sein: eine Klage — dürfte dir den Kopf kosten.

Kunz. Wie du befiehlst, Herr! Wer sollte dem Närrchen da böses thun können? (bämisch) — — (für sich) ob sie schon zischen kann, wie eine Viper. (will Walltraud bey der Hand fassen.)

Walltr.

Walltr. (aufgebracht.) Laß diese Hand, unwür-
diger! — ich gehe frey. — In die Hölle will ich
dir folgen, Kerl, wenn du mich nur den Klauen
dieses Boshaften entführen kannst!

(Walltraud und Kunz gehen ab.)

Sechster Auftritt.

Vorige, ohne Walltraud und Kunz.

Hainz. (Ihnen nachsehend) Nu, nu! — das
Ding hat mächtig Feuer. Ist'n Feuerstein aus
Trosbergs Steinbrüchen! — (nach einer Pause.)
Neidhard! wie gefällt dir das Stück Mensch? —
wars nicht so manche schöne Nachtwache werth?

Neidh. Das war sie! — Aber die wird dir
heiß machen, Herr! bis du sie ins Garn kriegst! —
Das Mädchen hat Muth, troß zehne, und hält auf
Jungfernstand, wie eine Bildsäule. — Ich wünsche dir Glück; aber auch Geduld, mehr, als ein
Waffenmann braucht. — — Und denn! glaubst du,
daß die zu Trosberg dazu gleichgiltig seyn werden?
— da wirds Schmisse geben, Herr! mehr, als in
der Nacht, als wir Maxlrain plünderten, und dem
alten Molche von Hausknecht den Kopf spalteten,
daß er da stand, wie eine Eiche, die der Donner-
strahl entzwey geschlagen hatte.

Hainz. Poß Leichnam! — Laß sie nur anren-
nen; nur kommen mit Schwert und Spies! — des
bangets mich wenig. Wir haben Lanzen und Schwerter, und Aerme, die ihre Prüfung überstanden haben.

ben. — Ich achte keines Waffengeklirrs. Meine
Lanze trifft sicher, das wissen sie; und mein Schwert
fällt mächtig durch des Körpers Mitte: das haben
ihre dreyßige versuchet. — Doch itzt habe ich
wichtigere Geschäfte, als Schlachten, und Lan=
zenbrüche. — Walltraub, sagst du, ist unbe=
weglich?

Neidh. Wirsts sehen, Herr! — unbeweglich,
wie deine Felsenburg. — Ich bin ein alter Kerl,
und habe dieser Versuche eine schöne Anzahl erlebet.
Es giebt Mädchen, Herr! in diesem trotzigen Lan=
de, die sich Jungfern nennen, nur einem einzigen
Junge gut, und dabey trotzig sind, wie Bärenbräu=
te. Jungfräuliche Ziererey, Herr, geht über Glimpf
und Unglimpf.

Hainz. Weibliche Feinstreiche, um die Schande
der Einwilligung von sich zu schieben!

Neidh. Nein, Herr! — Jungferliche Ziererey
ist im Bayerlande wahrer Ernst. Du hast noch kei=
ne Fehde mit einer aus dessen Jungfern versuchet,
wie ich sehe. Das Gezifer ist wild, und unbändig,
wie ein angeschossener Eber. — Sieh! diese Narbe
hier! — das war eine Wunde, die mir ein so un=
heimisches Ding von Jungfer in München versetzet
hat, als ich sie meiner Liebe mit Gewalt überführen
wollte. Ritsch war sie mit einem Messer aus der
Tasche; und ehe ich michs versah, staks tief im Ar=
me hier. — Indeß ich das Messer aus der Wunde
nehme; — weg war sie, als wenn sie in die Wol=
ken aufgeflogen wäre! — Du wirst sie tödten,
Herr! ehe du sie zahm kriegst!

B   Hainz.

Hainz. Toller Kerl! als wenn du meine Siege nicht wüßtest!

Neidh. Wohl weiß ich sie. — Aber das ist dir ein Unterschied zwischen einer verschämten Metze, und einer bayerischen Jungfer, wie zwischen Felsen, und einer Mististätte. Die sind dir selbst in den Arm gelaufen, und haben sich willig fangen lassen, als du draussen im Reiche deinen Streifzug machtest, weil sie sich guter Tage bey dir freuten, und an den Wechsel längst gewöhnt waren. Aber diese da, diese hält auf das unverschwelkte Rosenroth ihrer Kernbacken: — du wirst sie nie bereden.

Hainz. Mein Muth wächst mit der Vorstellung des Widerstandes. Laß mich nur machen. Hab so manchen baumstarken Ritter aus den Sattel gehoben: und jüngst erst zwanzig von Maxlrainers Skartleuten zu Schanden gehauen; — und ein wehrloses Geschöpfe, das ganz in meiner Gewalt ist, soll mich muthlos machen? — Nein, Neidhard! — mein Mund schmeichelt jugendlich, wie mein Arm mit Jünglingsmacht dareinschlägt; — Sieh her! — kann ich nicht kosen, lecken, wie ein Lebkuchen von Bube?

Neidh. Das magst du immer, Herr! auch ich blühte damals, kose, und leckte, wie ein Beschnittener. — Ich gäbe dir keine Hoffnung, wenn du selbst Liebesgott wärest!

Hainz. Pfiffe, Neidhard, und Besorgnisse in den Wind; die dein grauer Schedel brütet! Geh in die Stube nahe am Felsenkeller, wo die alte Eve wohnet: sag ihr, daß sie mich erwarten, aber erst

ih=

jren Kesicht räuchern soll, ehe ich mich in den Kloak
wage.   Du weißt, sie war die Traute meines Herzens von meinen Jünglingsjahren her, und hat Beredsamkeit aus Erfahrung.

Neidh. Die Hölle muß ihre Gesandten haben,
Herr! — Das allein könnte noch wirken, wenn
alle Stricke brechen! — Aus einen vermoderten
Kifer knauert oft ein leibhafter Satan, und wirket
Wunder.   Ich gehe.   (geht ab.)

Siebenter Auftritt.

Hainz allein.

Noch nie ist mir Mädchenliebe zum ernsten Geschäfte geworden, als itzt; das war Ausruhen nach
der Arbeit des Tages, und Kurzweile nach Morden,
und Ritterstechen.   Eine einzige Dirne ändert nun
meine Plane: ich stahl sie in der Dämmerung, und
da ich sie in meiner Gewalt habe, sinne ich, ob sie
mir werden soll — und hänge so einzig diesem Bet-
telgedanke nach: — als wenn ich ganz fehdelos, und
biedermännisch lebte, und nicht stündlich Ueberfall zu
besorgen hätte! — Meine ganze stürmische Seele
ist verbrauset, und ich empfinde Regungen in mir,
worüber ich mich selbst schäme. — Habe ich je mit
Fußhadern gekämpfet; (heftig) oder mit Bettlacken
eine Lanze gebrochen, daß mich nun plötzlich eine
blonde Unbändige entnervte, und mir ihr Starrsinn
den Kopf verrückte? — (herabgestimmet) Und
doch — — doch! — 's ist so; — ich fühle heute

keine

keine Lust zu Schlägereyen in mir; — mir ists, als
wenn ich einer von den großstädtischen Rotzbuben
wäre, die erst ihre Säfte von Mädchen erbetteln
müssen, um eine Armschine zuschnallen, oder ein
Helmvisir aufzuknacken! — — Nicht anders! —
Mit diesem Kopf siehts nicht richtig! — Walltraud!
Walltraud! — dein Widerstand hat böses Spiel
in mir angerichtet! — — Wer kömmt da!

Achter Auftritt.

Ulrik und Siegfried kommen herein.

Ulrik. Herr! ich bringe hier einen Pursche, der
dir Haare auf den Zähnen hat, und eine Faust trotz
einem Pengel *). Er will in deine Dienste tre=
ten, wenn du ihn würdig findest.

Hainz. (zu Siegfried.) Wo kömmst du her, —
Junge? — — Und wer bist du?

Siegfr. Ich bin aus Frankens Gauen gebürtig:
aber seit meinem zwölften Jahre keine Stunde hin=
tern Ofen gesessen: ich nenne mich Gottfried Geb=
sattel. Mein Vater war unter Hannsen von Grum=
bach 30 Jahre Reitknecht gewesen; und meine Mut=
ter gebar mich auf dem Sattel einer Stutte, als sie

von

---

*) Ein altdeutsches Wort, das so viel heißt, als ein
Eisenkolm.

von sechs Schnapphanen *) im Dickicht bey Limburg
verfolgt wurde. Ich war von der Wiege an wildes
Geraffel, und Klinkklank der Schwerter und Spieffe
gewöhnt; und trug schon als fünfjähriger Knabe
meinem Vater die Stechstange nach. Als ich zwölf
Jahre war, ward mein Vater im Herrendienst todt
geschlagen; und ich gesellte mich zu feurigen Jun=
gens; und wir suchten Kundschaft, wo's Händel
gab. Seit dem war ich auf vielen Ritten, als
Reitknapp; habe auch als Reisiger gedienet bey
Grafen und Herren, wie du. Ich bin nun meine
24 Jahr alt, und haue Visir und Küriffe bis auf
den Krebs durch. Mir ist auch schon mancher Pfeil
übern Kopf zu Sprüffeln gegangen, und mancher
schöne Stich unterm Brustharnisch durchgefahren:
aber das achte ich nicht; und wenn ich in Feuer und
Wuth komme, so wüthe ich, wie ein Hauer unter
den Rüden **). — Auf meinen Muth darfst du
Rechnung machen, Herr! — — Der Ruf, daß
du Händel vollauf hast, hat mich hieher gelocket,
um bey dir Dienst zu nehmen, und nicht meine Ta=
ge in Müßiggang zu verschlenzen. — Bin ich dir gut
genug, so sprich: — aber wissen muß ich's gleich: —
oder ich gehe zu deinen Widerpart.

B 3   Hainz.

---

*) Kerls, die sich ins Gebüsch legten, die Wege
   verlagerten, und die Reisende wegschnappten.
**) Jagdhunde.

Hainz. Du bist hastig Junge! — Doch deine Stirne spricht Muth, und dein Ausblick ist trotzig; dein schlichter, starker Wuchs gefällt mir. — Da hast meine Hand: du sollst mir als Reitknecht dienen: geh in meine Rüstkammer, und hole dir dein Geschmeide, daß du mit uns ziehen kannst, wenns Noth thut. (Siegfried und Ulrik gehen ab.)

Neunter Auftritt.

Hainz allein.

Wie ich Rothseele da stand vor diesem feurigen Bursche! — Er hat vielleicht ein liebendes Mädchen von sich gestoßen, und kleidet sich in Harnisch, indessen ich — einer widerstrebenden Puppe nachlechze, und über ihrem Fluche zum Narren werde! — (Nach einer Pause). Doch, was soll Männervernunft wider das Bluten eines liebenden Herzens? — So viel Sehnsucht habe ich noch nie gefühlet! — Ich muß alles daran setzen, um diesen Kloß zu erweichen, der mir so lieb, und die Krone meiner so vielen Streifzüge ist. (geht ab.)

Zehn=

Zehnter Auftritt.

(Eine elende, düstere Spelunke, mit einer Felsenbank, worauf eine Matraze hingestreuet ist, und einem steinernen Tische. Die alte Eve sitzet auf der Felsenbank; ein Gebetbuch liegt vor ihr aufgeschlagen: ein paar Krücken sind nebenhin an die Felsenwand aufgepflanzet. Neidhard steht vor ihr am Tische.)

Eve. Neidhard.

Eve. Schon sind Jahre, und Monate dahin, daß dein Herr meiner Dienst nicht mehr bedürfte. Ich saß unangefochten in dieser einsamen Gruft, wie lebendig eingescharrt: schleppte bey einer halbgenüglichen Kost meine eingeschrumpften, alten Knochen dahin, und gab mir Mühe — (mit einem Seufzer) deinen undankbaren Herrn zu vergessen; — der sich nun nach frischer Liebe sehnet, und — seine vertraute Eve gemächlich absterben läßt. — (Sie weinet)

Neidh. Nimm dirs nicht fast zu Herzen, Mutter! Unser Herr hat dich nicht vergessen: er ist dir ganz gut, ganz gut, und kömmt gleich selber.

Eve. Selber? (lebhaft) — O daß ich ihn nie gesehen — daß er Arm und Bein gebrochen hätte, daß mirs Gott verzeihe, als er vor meines Vaters Haus übern Graben setzte, mich raubte, und auf seinem stolzen Hengste hieher schleppte! — O daß ich dem Treulosen nicht getraut hätte! — Sässe itzt als Großmutter im Zirkel meiner Kinder und Enkelinnen, die mir an dem Halse hiengen; herzte

B 4   mich

mich satt an denen, die mir ihr Daseyn zu verdan=
ken hätten; und sähe freudig, und ohne nagendes
Bewußtseyn einer alten Schulde meinem Tod entge=
gen: — anstatt daß ich itzt von den Meinigen ver=
fluchet, von Hainzen verachtet. — (weinet abermal.)

Neidh. Still, liebe Mutter! Klage nicht wider
die Vorsicht des Himmels. Du hast ja Noth zu be=
ten, sagest du: und dazu brauchst du ja Ruhe, und
ungestört zu seyn. — Bist sonst so 'ne gute, from=
me Haut; — und zierst dich itzt so ärgerlich! —
Was gilts, du wirst ein ander Gesicht machen, wenn
du Herrn Hainzen wieder unter die Augen kriegst?
— Alte liebe Mutter! — Es war n'mal so das
Sprichwort unsrer Großältern, das mich, und dich
überleben wird. — Schon hör' ich ihn kommen:
wisch dir die Augen, Mutter, und empfange ihn
freundlich.

Eve. (Richtet sich hurtig auf.) Gieb mir die Krü=
cken her, Pursche! will mich ihm entgegen tragen.

Neidh. Bleib Mutter! Er ist ja schon da.

Elfter Auftritt.

Hainz, und die Vorigen.

Eve. Schon da? — Bist du's Hainz? —
Es ist schon ganz dusel; ich kenne dich kaum.

Hainz. Gott grüsse dich, Eve! — So munter
Weib, und blühend, wie ein Mädchen von 18! —
— Wie steh ich mit dir? — rede.

Eve.

Eve. (seufzet) Leider ist die Frage an mich ge=
kommen! — Eve taugt nichts mehr — ist vergeſ=
ſen; — einſt die Vertraute Hainzens? (weinet.)

Hainz. Pfui mit dem Weinen, Eve! — Klage
nicht ſo unbillig, Liebe! — Hainz hat dich nicht
vergeſſen, nicht vergeſſen die ehemalige Vertraute
ſeines Herzens. — Ich will nicht hoffen, daß ei=
ner meiner Knechte — —

Eve. Beſchuldige niemand, Hainz! — Ver=
achtung wirket von oben auf unten. — Eve iſt alt,
und ſollte längſt nicht mehr leben!

Hainz. Du biſt wahnſinnig, Weib! — du wirſt
mich böſe machen, wenn du fortfährſt gegen mich un=
billig zu ſeyn.

Eve. Ach zürne nicht, beſter Herr! — Alte
Leute ſind wunderlich: aus einem modernden Gehir=
ne geht kein geſunder Gedanke hervor. — Komm
näher, und ſage mir, was ich dir gut ſeyn kann.

Hainz. So gefällſt du mir, Eve: (Er ſetzt ſich
zu ihr hin) — Neidhard! laß uns allein.

Zwölfter Auftritt.

Hainz, Eve, ohne Neidhard.

Eve. Oh! ſo wars, ſo ganz — in den Tagen
meiner Jugend! — Mein alter Körper verjüngt
ſich, und neues Leben gießt ſich in meine morſchen
Gebeine. — Sitz näher, Herr! näher —

Hainz. (rückt näher) Nun, ſo horch itzt, Eve,
was ich dir ſage. — Ich bedarf itzt deiner Hilfe

B 5 mehr,

mehr, als jemals. Du weißt, daß ich stets ein
feuriger, rascher Bursche war, der Tage und Näch=
te auf Abentheuer, und Eroberungen auszog. Waf=
fen und Mädchen, Mädchen und Waffen waren
stets meine abwechselnden Geschäfte. Du selbst hat=
test Nachsicht gegen mich: und weil ich nicht zu än=
dern war, halfest mir getreulich, manches stutzige
Mädchenherz zu erweichen. —— Seit dem warst
du die Vertraute meiner Liebesstreiche, wie du ehe=
vor meine Geliebte warst. Dein mütterliches Für=
wort drang in die leichtglaubigen Seelchen der Dir=
nen; und sie wurden mir, ehe ichs versah.

Eve. Der Himmel mag mirs vergeben. Ich
habe an Gutthaten gegen Fremde meine Ruhe ver=
schwendet! — Sünde wider mich, und den Himmel!
(Seufzet hart.)

Hainz. Nu, nu, Sünde oder nicht! — Mit
deiner albern Sünde, Weib! — das gehört itzt nicht
zur Sache. Was schiert mich das, was die Leute
da Sünde nennen? — Sey ruhig, und horche. —
Schon seit vier Wochen lauerte ich auf ein Mädchen,
— Eve! ein Mädchen, heiter, wie die Morgen=
sonne, und lieblich, wie eine Venus! Sie würde
verlieren, wenn ich sie dir beschreiben wollte. —
Erinnere dich zurück, Eve! wie du warst, als ich
dich das erstemal in diesen Armen hielt. — Ein in
zwey Zöpfe geflochtenes, lang über den Nacken her=
abfliessendes Rabenhaar: ein paar rothe Kernbacken,
woraus sanftes Lächeln, und Jugendreiz den Augen
entgegen buhlte; — ein herrliches paar blaue Au=
gen, halbschmächtig, und halb wonnelüstern; —

ein

ein Hals von Elfenbein — ein breites paar Aerm=
chen, fleischicht und rund anzufüllen — Alles, al=
les reizend, und wollustathmend — Eve! so warst
du — das Original dieser schönen Kopie, die ganz
weiland du ist; ganz Eve in ihren Jugendjahren ist.
— Vergieb mir diese Vergleichung, Liebe! Sie ist
Erinnerung, was du mir warst; und was ich dir
seyn mußte.

Eve. (Seufzet, und wischt sich die Augen.) —
Seyn mußte!

Hainz. Itzt ist Liebe zur Dankbarkeit geworden!
Eve! — du wirst Hainzen in mir nie verkennen!
um so weniger, als für dein Angedenken durch die
jüngere Eve gesorget ist.

Eve. Leider! durch die jüngere Eve! — Führet
sie auch meinen Namen?

Hainz. Das nicht. Sie heißt Walltraud; —
ist eines Meyers von Trosberg Tochter. Sie se=
hen; — und Unruhe in meinem Herzen — war
eines. Sicher wirkte das die Aehnlichkeit mit dir.
— Genug, ich ward verliebt. Eben kam ich von
einer Stinkerey aus dem Passauischen zurücke, und
zog die Gauen von Trosberg mit meinen Knechten
vorbey; als ich sie sah; und auf der Stelle be=
schloß, daß sie mir werden sollte; und sollte man
mich zum Krüppel hauen. Vier Wochen bestreifte
ich die Gegend; lauerte im Dickicht; durchwachte
Nächte, aus Hoffnung, sie im Mondenlicht vor
der Hausthüre zu sehen. Alles vergebens! —
Heute Morgens endlich — gelang mirs — Oh!
ich konnte meinen Augen kaum glauben, sie in der

auf=

aufgehenden Morgensonne zu erblicken, als sie eben
an den Bach, der nahe am Harde liegt, in Gesell=
schaft einer Gespielin heranhüpfte, um sich daselbst
zu waschen. — Wie ein Gedanke flog ich aus der
Hecke. Sie schrie um Hilfe, und wollte entlaufen.
Allein da hatte ich sie dir um die Mitte, und trug
sie, ohne mich umzusehen, nach den Harde, wo
meine Knechte im Hinterhalt standen: nahm sie denn
auf mein Pferd, und tummelte mit der Beute nach
Hause. Sie lag gar bald sinnlos überm Sattel:
allein dessen konnte ich nicht achten, weil ich Eile
nöthig hatte; und brachte sie glücklich in meine Burg,
wo sie sich nun wieder erholet hat.

Eve. Die erneuerte Geschichte meiner Entführ=
rung.

Hainz. Ich dacht es selbst. — — Die Folge
machte den Unterschied. Wie glücklich wäre ich,
wenn sie ganz Eve wäre? — Eve liebte mich.

Eve. (lächelnd) Du warst aber auch damals ein
junger, stattlicher Ritter! dein Knebelbart kräuselte
sich jugendlich um dein Kinn; und dein grosses paar
Augen rollte sich siegreich unter deiner breiten Stir=
ne. Jeder deiner Blicke war Glut, und Zauber.
— — Nun bist du, — vergieb mirs, Ritter!
— auch alt geworden; und dein Bart, und deine
Haare sind grau; und deine Blicke sind kalt, und
verwildert.

Hainz. O das auch mein Herz kalt geworden
wäre, und stumpf die Gefühle meiner alten Seele!
— Nun aber lodert noch jugendliche Flamme in

mei=

meinem Busen. — Eve! ich liebe das Mädchen so
heftig, als ich dich als junger Ritter liebte!

Eve. Aber Gegenliebe fordern — ist hart! —
Kann ich das auch?

Hainz. Aber ich bin Herr! — und kanns fordern, als Herr. Sie ist in meiner Gewalt.

Eve. Ihr Herz ist frey.

Hainz. Du weißt die Zahle meiner Mädchen, die
sich mir ohne Zwang ergeben. Sollte diese allein
ihrem Schicksale trotzen, das sie in meine Hände
geliefert hat — in Hände, die ihr nur süsse Gewalt thun wollen?

Eve. Hainz, du machst Recht haben; auch durch-
dringen mit deiner Macht. — Was soll aber ich
dazu thun?

Hainz. Ich will erst gelinde Mittel versuchen,
ehe ich Gewalt brauche. Eve! du hast schmelzen-
des in deiner Zusprache: du sprichst aus Erfahrung.
Ich dächte, ein Wort von dir —

Eve. Ehedem Geliebte, ist Kupplerin! — —
schändlicher Zeitwechsel!

Hainz. Vertraute meiner Leiden, — das ist
dein neuer Titel. — Geh, Liebe! nimm deine Krücken: (steht auf) — ich will dich begleiten, führen
zu ihr: — du wirst ihren Gram dämpfen, und
den rischen Nacken ihr brechen, das sie mir gut wird,
und ich ihrer froh werde. Deine Belohnung, Eve!
hängt denn von deinen Wünschen ab.

Eve. Hast du je eine Fehlbitte gethan, Hainz?
— Deine alte Eve ist dir noch gut, wilder Mann!
ob du gleich treulos bist, und ihrer nicht weiter

Ach-

Achtung hast! — Das ist Männerunbestand! —
— Ich will sie sehen, und versuchen, was sich
thun läßt. — Laß mir meine Bilder erst ordnen,
und mein Gebetbuch. — Unterstütze mich —
(Sie richtet die Bilder in Ordnung, und schlieſſet ihr
Gebetbuch.) — so — und so. — — Reiche mir
meine Krücken her, lieber Mann! — Es ist ein
gebrechlich Ding um Weiberalter! — — deinen Arm
Hainz! — (Indem sie sich an den Arm Hainzens hängt)
Oh dieser Arm! — wie ich mich einst daran dahin
gängelte, — ein muthig Reh; und zu küssen die
aufhüpfte! — und nun

Hainz. Immer die alte Grü... — Du bist in
Ehren alt geworden, Eve, laß uns gehen.

Eve. Ich folge dir Hainz! — ich folge —
(Im fortgehen) Nicht so haſtig, lieber Mann! nicht
so haſtig!

(Gehen ab.)

Zwey=

Zweyter Aufzug.

Erster Auftritt.

(Eine Eckseite des Burghofes. Links öffnet sich eine
Baracke, oder Knechtstube. Rechts im Hinter-
grunde ist die Aussicht in die Felsenburg von Seite der Fallbrücke. Hainzens Heureiter und Knechte sitzen auf Rasen- und Steinbänken vor der Baracke durcheinander. In der Mitte schlägt einer
die Trommel nach Art der alten Feldmusik, wozu von dem Troß folgender Rundgesang geplärrt
wird, den jederzeit einer allein beginnet.

Hainzens Heureiter und Knechte.

I.

Kunz Thoringer, das war ein Mann!
  Holla! ho ho!
Sein Zorn verschlang dir Roß, und Mann;
  Wie Feuer Stroh!
Zog er im stattlich ernstem Trapp
  Auf Ritterstechen aus;
Potz staunten Ritter, Troß, und Knapp;
  Man brach die Schranken aus.
Kunz Thoringer, das war ein Mann!
  Holla! ho ho.   (wie oben.)

      2. Tur=

2. Turnirer farchten ihn gar sehr,
    Wenn er geritten kam:
Hop, hop, sprengt' er, hup, hup, daher;
    Warf Männ, und Roß zusamm.
Kunz Thoringer, das war ein Mann!
    Holla! ho, ho, ꝛc.   (wie oben.)

3. Wenn er auf Abentheuer ritt;
    Sein Troß im Hinten drein:
Rief groß, und klein: ich bitt, ich bitt:
    Herr Kunz, verschone mein.
Kunz Thoringer, das war ein Mann!
    Holla! ho ho! ꝛc.   (wie oben.)

4. Weh dem, der ihm entgegen stand!
    Mit dem wars ritsch vorbey:
Durch Helm und Wams hieb Kunzens Hand
    Das Ritterlein entzwey.
Kunz Thoringer, das war ein Mann!
    Holla! ho ho! ꝛc.   (wie oben.)

    (Man höret das Lärmhorn blasen. Alles rufet:)

Das Lärmhorn! — das Lärmhorn! — — Auf
— auf!

    (Das Horn tönet immerfort; und sein Schall wird
    von einem zweyten verstärket.)

Zwey=

Zweyter Auftritt.

Hainz stürzet aus der Felsenburg über die Fallbrücke herein: hinter ihm die 4. Reisige,
und Siegfried.

Hainz. Auf, auf! — zu den Waffen, Pursche!
es gilt! — Das Horn schallt immer stärker: —
die Feinde müssen sehr nahe seyn. — — Meinen
Panzer, Diez! (Er kleidet sich an) — schnall
mir ihn fest. — Es wird mächtig zu thun geben; — Meinen Helm! mein Schwert, meine
Stechstange! — `

Neidh. Sagt' ichs nicht, Herr! — Die Troß-
berger — die Maxlrainer!

Hainz. Ich glaube gar, sie wollens mit uns
wagen, die — Buben die, gegen Hainzens Rei-
tersleute, wovon einer ihrer tausende aufwiegt! —
Es schallt stärker! — Fort, fort! — — Nach
dem Anger! — Besteiget die Rosse: — Ich folge
euch! (Knechte ab.) Diez! führe meinen Hengst aus
Burgthor. — (Diez geht ab) — Und du (zu Siegfried)
Gebsattel! verschließ dich auf die Felsenburg, und
bewache meine Gefangenen — auf den nächsten Ritt,
Junge! folgst du uns. (geht ab mit den übrigen 3
Reisigen.)

Drit-

Dritter Auftritt.

Siegfried allein.

(Ihnen nachsehend) Zeuch hin, und hohle den Tod dir, ruchtloser! — — Vortreflich! der Himmel begünstiget meine Anschläge! — Will mir die Zeit zu Nutzen machen; — in die Arme meiner geliebten Walltraud fliegen! — Indem sie sich balgen, die Räuberhunde! und Blut von ihren Scheiteln strömt! — — Doch — welch plötzliche Angst! — welch entsetzliches Klopfen hier! — in meiner Brust! — Ists Ahndung? — Ahndung! — Vielleicht! — Gott! wenn Walltraubs Vater — mein alter Pflegvater! — — Vielleicht — konnte er vor Liebesungeduld die Zeit meiner Ausführung nicht erwarten; — mußte fort in Kampf und Mord vor Liebesunsinn! — Schrecklich! — Er an der Stirne des Heeres von Troßberg, das nun wider Hainzen da herangezogen, und mit Rache bewaffnet kömmt? — Sein alter, entnervter Arm — nur gewöhnt seine Walltraud, und mich an die liebende Brust zu drücken — zu schwach zu ritterlichen Kämpfen — dieser kraftlose, abgeschwächte Arm wird den mordgewöhnten Armen dieser Strassenräuberhorde nicht gewachsen seyn! — — Gerechter Himmel! der du meine Schritte aus seinen Umarmungen hieher in diese Mörderklüfte leitetest, um eine unschuldige Geraubte aus den Klauen dieser Unmenschen zu retten, und, wenn ichs würdig wäre, das Werkzeug deiner strafenden Wider-

bergeltung zu seyn, und mein Vaterland von einem
blutdürstigen Ungeheuer zu befreyen; — Dir em=
pfehle ich das graue Haupt dieses ehrwürdigen Grei=
ses, den nur Kindesliebe in den Kampf mit Mör=
dern dahin riß: — sende deiner gewaltigen Schutz=
geister einen, daß er den tödtlichen Hieb von ihm
wende, und er die Frucht meiner Unternehmungen
überlebe. — — Walltraud! Walltraud! Du
setzest Vater und Liebhaber aufs Spiel! O! sollte
ich dich deines Siegfrieds noch werth finden! —
— Oder — solltest du diesen Auswurf der Na=
tur! — Schon der Gedanke ist Empörung in mei=
ner Seele! — Oh: Walltraud, Walltraud! tu=
gendhafte Geliebte! — wo werde ich dich finden?
— Ich muß dich sehen, sprechen — und mich satt
küssen an dir, — wenn du noch Walltraud bist?
(Geht eilig ab nach der Burg; zieht dann die Fallbrü=
cke auf.)

Vierter Auftritt.

(Eine Felsenkammer, die Wohnung Walltrauds.)

Walltraud. Eve.

Walltraud. Ist das dein Auftrag all, womit
du deine alten Knochen beschwertest? — Gottloses
Stück Weib! das du deine grauen Haare noch mit
Unrath bekleyen, und deiner armen Seele noch eine
neue Staffel hinab in die Hölle der Kupplerinnen

hauen

bauen willst! — Pfui: du bist Gräuel in meinen
Augen.

Eve. Zürne nicht, Mädchen! — Eve ist deine
Freundinn, und liebt dich — wird dir nichts böses
rathen.

Walltr. Nichts böses: — als ob verbothene
Buhlschaft nichts böses wäre! — (heftiger) Geh
weg von mir, Abgesandte der Hölle! — Auch dein
Odem vergiftet schon.

Eve. (etwas aufgebracht) Thörichtes Mädchen!
du stämmest dich wider den Strom; und lärmst in
den Wind, der keine Ohren hat: — Bist du nicht
ganz in seinen Händen? — Hat er nicht Macht,
das mit Gewalt dir zu entreissen, was du ihm mit
gebunden Händen entziehen willst?

Walltr. Er kann — er soll das, — aber
nicht anders, als mit meinem Leben! wird er den
Leib lieben können, den er entseelet hat. Oder ist
er Raabe genug, um sich an Aesern zu erlustigen?
— Mein Tod soll die Frucht seiner mißbrauchten
Gewalt seyn.

Eve. Grillen, Mädchen, Grillen! — Stirbt
sichs wohl heut zu Tage süsser Gewalt wegen? —
O Walltraud! Walltraud! noch wirst du von Aber-
glauben gefoltert; und der Stolz auf etwas, das
nichts ist in der Ordnung erschaffener Dinge, eitel
eingebildete Tugend ist — ein Ding, das einen Namen, aber keine Bedeutung hat, hofmeistert dein
schönes Herz! — Gläub mirs, Tochter! — dein
funkelndes Paar Augen ist für keine Heilige geschaf-
fen, und deine Blicke flammen nicht aus dem Brenn-
punkt

punkt eines Heiligenfcheins: fie ziehen, und geben
Liebe.

Walltr. Aber nur reine, ehrbare Liebe! ——
Diefes Herz, Weib! (kläglich) — fchlägt längft
einem anderen! Es. brennet für meinen Siegfried,
den Abgott des Männergefchlechtes! — und wo
diefer Engel wohnet, darf kein Sterblicher, — kein
Ungeheuer wohnen! — O Siegfried! Siegfried!
wenn du wüßteft! — (fängt an zu weinen.)

Eve. (gerührt, für fich) Gutes Mädchen! wie
fchäme ich mich meiner alten Tage! — Ifts nicht
Sünde, die Rache zum Himmel fchreit, ein Mädchen, das fo zärtlich liebt, einem Auswirflinge, wie
Hainz der Treulofe, liebzugewinnen? (zu Walltraud)
Weine nicht, meine liebe! du liebeft Siegfried,
fagteft du, — heißt er nicht fo, dein Geliebter?

Walltr. (feurig) Ja: Siegfried ift feyn Name!
— ein göttlicher Jüngling, Weib! der Stolz fei-
nes Gefchlechtes! — O daß du ihn fehen follteft!
ein Blick von ihm würde dich — zum Mitleid gegen feine unglückliche Walltraud bewegen! — —
Mein Vater nahm ihn als Kind zu fich auf, und
theilte feine Liebe zwifchen mir und ihm. Wir fpiel-
ten als Kinder im blumichten Thale, pflückten Blu-
men zufammen, — und Liebe mifchte fich in unfre
Spiele. Wir lebten nur für einander, und mit den
Jahren wuchs unfre Liebe. Mein Vater ward mit
Vergnügen unfre Zuneigung gewahr, und drückte
uns fegnend an feine Bruft. Siegfried mußte, als
er groß geworden war, in Herrendienfte ziehn; und
ich blieb in meines Vaters Haufe zurücke: denn mei-

ne

ne Mutter ist schon seit 12 Jahren tod, und hin-
terlies mir die Sorge, meines Vaters Meyerey zu
führen. Zehen Jahre irrte Siegfried auf Fehden,
und Herrenritten umher; und zehen Jahre hatte ich
nur zweymal Bothschaft von ihm, wie ihms gienge.
— Als er gestern Abends, als ich eben einsam in
finsteren Gedanken an unsrer Linde saß, und über
eine ausgebliebene Nachricht von ihm Thränen ver-
goß — an unsre Hausschwelle geritten kam! —
— Siegfried! Siegfried! schrie ich, und lag in
seinen Armen. — — O Weib! — so ward kein
Sterblicher geliebt; — Und er! — o ganz kam
er mein Siegfried zurück! — Himmelslust floß
aus seinen Umarmungen; und jeder seiner Küsse war
ein Schwur, womit er seine Treue versigelte! —
— Noch diesen Abend — gestern in der Abendson-
ne erneuerten wir unser Gelübd, uns ewig zu lieben; und mein Vater beschloß mit zärtlichen Hän-
dedrücken unsre Verbindung. — Noch vor Bettege-
hen wiederholten wir unsre Schwüre mit liebetrunke-
nen Küssen: — Entzückungen wiegten mich nun in
einen so sanften Schlaf, in ein so erquickendes Ausruhen von langem Harm, und zehnjährigen Kummer, daß diese die süsseste Nacht meines ganzen Lebens war! — O wäre ich nie wieder erwachet! —
wäre mir die Morgensonne ewig nicht wieder auf-
gegangen! — Gott! ein schwarzer, entsetzlicher
Morgen — der Morgen meiner Entführung! —
O daß ich mich im Bache ersäufet, auf seinen Armen erwürget hätte! — — Entsetzen, und
Schmerz machte mich sinnlos, und — ich erwach-
te

te von meiner Betäubung — in einer Räuberhö=
le, unter Räubern — unter einem Mördergesin=
del — ohne Gewissen, ohne Tugend, ohne Mitleid!
(sie weinet.)

Eve. (wischt sich die Augen) Du treibst mir Thrä=
nen aus den Augen, Kind! — Ein Stein müßte
weinen, wenn er Thränen hätte! — Dein Herz
erliegt unter Leiden, denen Trostgründe versaget sind.
— Vergieb mir, tugendhaftes Mädchen, wenn ich
dich mit meinen Anträgen ärgerte — eine Sklavin
ihres harten Schicksals von Kindesbeinen an; —
die nun ohne andere Zuflucht von der Güte eines
Gottlosen, den ihr Herz längst zu verabscheuen ge=
lernet hat, noch kümmerlich Athem zieht! — Sie
werden bald zusammen fallen, diese morschen Ge=
rippe, und hier begraben werden, — im Felsen,
wo, leider, schon so manche Unschuld, manche Tu=
gend begraben liegt! — — Mädchen! das ist ein
abscheulicher Ort, ein Aufenthalt der Grausamkeit,
und eine Schindgrube der entsetzlichsten Verbre=
chen! — Möchte dieser Strafort auf Erde mich
rein waschen! — — (Sie weinet) Auch ich leide
unsägliche Leiden von innen, und aussen, Mäd=
chen! die nur der Tod endigen kann! — der allein
wird uns helfen, liebes Mädchen!

Walltr. So — so gefällst du mir, liebe Mut=
ter! — Der Tod hat nichts schreckliches mehr in
meinen Augen, seit dem ich meinen Siegfried ver=
lohren habe! — Reiche deine Hand mir her, Mut=
ter! — Walltraud kann nicht zörnen.

(nimmt Eve bey der Hand.)

Eve.

Eve. Kannst du mir vergeben, tugendhafter Engel! — O was für Reitze hat ein Aug, aus dem Tugend und Unschuld glühet! — Könne dir diese eiskalte Hand — deinen Siegfried wieder geben! — Doch sieh hin dort — wer kömmt? Ists nicht einer aus Hainzens Reitknechten?

Walltr. Er ists — er ists — Gott! mein Siegfried! (Sie läuft dem kommenden Siegfried entgegen, und fällt ihm um den Hals.)

Fünfter Auftritt.

Siegfried, und die Vorigen.

Eve. Allmächtiger Gott! Walltrauds Siegfried! (Sie geht mit ihren Krücken hin, und besieht ihn.)

Siegfried. (in Walltrauds Armen) Meine Walltraud, meine Geliebte!

Walltr. (Nach einer Pause) Ein Engel vom Himmel bist du mir kommen, guter Junge! Deine Walltraud — o! die würde — ohne dir noch erst das letzte Lebewohl zu sagen — —

Siegfr. Lebewohl? — Mädchen! — Ist man dir hart begegnet?

Walltr. Ich will dir alles erzählen, lieber Junge! — Las mich erst hören, wie dich dein Schicksal in diese Mördergrube geleitet hat! — — Sieh! wie dort die alte Mutter weinet! — Eve! sieh mal her; — ist das nicht ein stattlicher Junge? — mein Siegfried, denn ich dir eben nur im Schattenriß zeigte?

Eve.

Eve. Ich sehe ihn, gutes Kind! — Hainz ist ein Satan gegen diesen Engel! — Es wird aber gelten, junger Mann! bis du diesen ruchtlosen vom Halse kriegst! — Der Himmel wolle dich stärken. — Werdet eures Trostes ganz voll: ich will euch hier allein lassen, Kinderchen! — hinabsteigen in meine Todeskammer, und beten für euch, das euch die Hand des Fürsehers aus dieser Höllenkruft glück lich wieder in den Schoß euers Vaters zurück brin gen möge. — Lebet wohl: — Laß die Hand dir küssen, glücklicher Jüngling! um noch einen Theil von Seeligkeit, dem mir mein Alter gönnet, an deiner liebenswürdigen Mannheit aufzukosen: so — so! — Lebet wohl, meine Lieben! und fluchet der alten Eve nicht.	(geht ab.)

Siegfr. Eine gute Alte!

Walltr. (Ihr ebenfalls nachsehend) Unglückliches Weib! — daß dir der Himmel eine gute Sterbe stunde gönnen möchte! — — Aber nun Sieg fried! — Noch bist du mir ein Räthsel. Wie kammst du hieher?

Siegfr. Gleich nach deiner Entführung, Wall traud! — — Gott, wie ward mirs, als deine Gespielinn uns die traurige Bothschaft vorheulte! — — Laß mich den entsetzlichen Augenblick nicht zurück denken, Walltraud! — — Gleich nach dei ner Entführung, sage ich, faßte ich den Entschluß, es koste was es wolle, dich hier zu sehen, zu spre chen, dir beyzuspringen, weil du es nöthig haben würdest: denn die ganze Gegend kennet den geilen Unmenschen Hainz, dem keine Unschuld, keine Tu gend,

gend, so wie kein Menschheitgesetz, keine Gerechtigkeit heilig ist. Ich wuste kein ander Mittel, als
um seine Dienste zu werben; oder, wenn ich nicht
angenommen würde, in möglichster Eile seine Feinde wider ihn aufzuwiegeln. Dieses letztere versprach
mir unser lieber Vater, der vor Kummer beynahe
von Sinnen gekommen wäre, ins Werk zu setzen.
Ich kam, und wurde aufgenommen. Itzt ist Hainz
wider eine feindliche Horde ausgezogen, die an die
Felsen herangezogen kam, und worunter sich vermuthlich — Gott, wenn es nur Furcht, nur
Verdacht wäre! — — unser lieber Vater —
befindet —

Walltr. Gott! glaubst du das, Siegfried? —
Unser alter Vater! — —

Siegfr. O! könnte ich zweifeln, beste Walltraud! — Er hat mirs auf Leben und Ehre ver-
sprochen, dich zu retten, und wenns seyn Leben
kosten sollte; so sehr ich ihn bat, die Rache auf eine
kurze Zeit zu verschieben.

Walltr. Du tödtest mich, Siegfried! — —
Gütiger Himmel! — wenn ich die Ursache seiner
Gefangennehmung — seines Todes werden sollte!
— Besser wäre es denn, daß ich nie geboren wäre; daß er mir nie das Leben gegeben hätte! —
Sein eisgraues Haupt menget sich noch unter feurige Krieger, und tödtende Lanzen, wovon die entnervte Greisenhand keine zum Schaden erwidern
kann! — — Was für ein schwerer Kummer drückt
itzt meine Brust, Siegfried? — welche entsetzliche
Ahndungen!

Siegfr.

Siegfr. Sey ruhig, Mädchen! und laß den Himmel machen. Dieser wird die Bosheit nicht über Tugend siegen lassen, und den Stolz eines Räubers über die gerechte Sache meines liebenden Vaters. — — Doch laß uns erst unsre Schicksale ganz wissen! — wie stehts mit dir, Mädchen? — Hat man dich noch mit keinem gottlosen Antrage geärgert?

Walltr. Konntest du das denken, Siegfried! nachdem deine Walltraud dem geilesten Höllenhunde zum Raube geworden ist? — Es ist geschehen, Siegfried! — mit schrecklicher Zudringlichkeit geschehen.

Siegfr. Aber meine Walltraud blieb standhaft; focht wie eine Heilige; und harrte den Kampf aus, um ihres Siegfrieds würdig zu seyn?

Walltr. — Und war fest entschlossen, kämpfend zu sterben. Man muß mich morden, Siegfried, wenn man den Weg nach meinem Herzen finden, wenn man mir die Pflicht, die ich der Tugend und dir geschworen habe, entreissen will. Hainzens auffahrende Wildheit, und grausame Rache machte mir Hoffnung, meinen Vertheidigungsplan durchzusetzen.

Siegfr. Dank dir, Mädchen, für diese Starkmuth! Unser Leben ist für einander verpfändet. Doch sey getrost! laß nur diesen Abend ergrauen, Walltraud! und du sollst Hülfe sehen. Schon lauern die Salzburger eine Stunde von hier im Dickicht, und erwarten einen Trupp Münchner, der sich längst dem grossen Bache oben über die Querre her=

heranzieht, und mit ihnen vereinigen soll. Schon seit einigen Tagen war dieser gemeinsame Angriff verabredet! nur trug man darauf an, Hainzen und seine Knechte ins Freye herauszulocken. Allein, seit dem du entführet warst, hat ihnen unser Vater meine Hicherkunft berichtet, und sie gebeten, bis auf weitere Nachricht mit Blutvergiessen zurücke zu halten. Ich werde ihnen das nähere zu wissen thun, — und wenns finster wird, die Thore öffnen; und unser Vaterland, und dich in Freyheit setzen!

Walltr. Du giebst mir das Leben wieder, bester Jüngling! der Himmel leite deine Schritte. Der Tod, Siegfried, der Tod ist das Loos deiner Walltraud, wenns fehlschlägt!

Siegfr. Es wird, es kann nicht fehlschlagen, Liebste! Es ist der Wink des Himmels, der uns zu Werkzeugen seiner strafenden Gerechtigkeit weihte. — Doch, wer kömmt da? — — Finster, wie einer von denen, die in die Geheimnisse unterirrdischer Krüfte schauen. — Vielleicht ist er einer aus dieser fürchterlichen Menschenklasse? — Laß uns allein, Walltraud! — Mich deuchts, es ist Hainzens Wahrsager. — Ich will ihn prüfen, ob er mein Mann nicht werden kann.

Walltr. Du siehst mich aber bald wieder, lieber Junge! — Walltraud bedarf itzt mehr als jemals deines Trostes.

Siegfr. Bald — gar bald wieder, Mädchen! — Du kennest ja deinen Siegfried, der nur für dich lebt.

Sechs-

Sechster Auftritt.

(Stauzer tritt langsam, und in Gedanken vertieft herein.

Siegfried. Stauzer.

Stauz. (für sich) — Die Wagschaale hat sich gesenket. — Fürchterlich! — Nicht lange mehr! — so hat die Menschheit Genugthuung, und das beleidigte Vaterland ist gerächet. — Die grausige Uhustimme, die in heutiger Nacht in unsern Felsen krächzte! — Das mitternächtliche Steinwerfen, hinab in den Abgrund des Felsenbrunnens! — Das Zusammengeheule der benachbarten Hunde, und Waldkatzen, als wenn sie den Nachtgespenstern ein Konzert halten wollten — Lauter Vorbothen des nahen Verderbens! — Wie mirs so düster, so schauderlich in der Seele liegt! — O das ich diese Felsen nie gesehen hätte! — Jede Wand widerhallt Fluch und Verderben. —

(Er stößt sich den Kopf gegen die Wand.)

Siegfr. (indem er leise hinzutritt) Vergieb mir, Alter! wenn dich meine Gegenwart aus deinem tiefen Seelenschlummer schrecket! — In deiner Stirne sitzt Verzweiflung; und deine Seele erliegt unter schwarzen Sorgen. — Sag mir, Alter, — Kann Menschenhand Balsam gießen in deine Wunde, und der Trost eines Sterblichen deinen Kummer lindern?

Stauz. Ich weiß nicht, wer du bist, junger Mensch! — Bist du einer von Hainzens Knechten?

Siegfr.

Siegfr. Seit drey Stunden bewohne ich diese Felsen; hoffe aber in drey Stunden wieder daraus los zu werden.

Stauz. Entführet? — Gefangen? — Aus einem Amthause entsprungen? — nach einem Morde, oder irgend einem anderen Bubenstücke hieher geflüchtet, und dem Galgen entlaufen? —

Siegfr. Keines von allem. — Frey und unbescholten trat ich in Hainzens Dienste.

Stauz. Du lügst, Kerl! und verdienest von mir nicht weiter gehöret zu werden. (will gehen.)

Siegfr. Höre mich nur, lieber Alter! — Meine Geschichte ist kurz; und, wenn nur ein Funke von Menschlichkeit noch in deinem Busen glofcht, — würdig, von einem Greifen bewundert zu werden.

Stauz. Laß mich. Unbescholten, oder freywillig trat nie einer in Hainzens Dienste. Alle seine Knechte sind oder dem Rade entlaufen, oder verdienen das Rad — Mörder, Räuber, Mordbrenner, und heilloses Gesindel. Die wenigen Entführten, die sich auf Hainzens Bubenstücke nicht verstehen wollten, schmachten im tiefsten Felsen an schweren Eisen; oder haben draussen, wo der Fels einen hohen Auswuchs in Gestalt einer Richtstätte hat, unterm Schwerte ausgeblutet: viele sind unten im finstern Henkershaine von Hainzens Knechten todt gewürget worden. — Verlaß mich, Pursche! — du bist keiner von diesen glücklichen!

(will gehen.)

Siegfr.

Siegfr. (ihn zurück haltend) Höre mich nur lieber Alter! und verdamme mich dann, wann du gehört hast. Ich bin Siegfried, der Pflegesohn eines Meyers von Trosberg.

Stauz. Pflegesohn eines Meyers von Trosberg? — Erkläre dich deutlicher, Junge!

Siegfr. Seine Frau ist seit 12 Jahren todt, und hinterließ ihm eine einzige, liebenswürdige Tochter, die Frucht ihrer zwanzigjährigen Verbindung. Er selbst nennet sich Hanns Gravenecker?

Stauz. Hanns Gravenecker? — von Trosberg? — Küsse mich, lieber Junge! — vor 24 Jahren ohngefähr lagest du etliche Spannen lang in diesen Armen. Aelternlos übergab man dich mir; und ich trug dich zum Gravenecker, der dich mitleidig aufnahm, und an Kindesstatt setzte. — Ich habe eine grosse, grosse Wohlthat an dir gethan, Junge! — Bist mir viel Dank schuldig. — (für sich) Gott! wie wenig hat er von seinem Vater?

Siegfr. Dank dir, von ganzer Seele, Dank dir, lieber Alter! — Sag aber auch, wer sind meine Aeltern?

Stauz. Deine Aeltern? — die kann ich dir nicht sagen. Die Hand eines Mörders übergab dich mir, daß ich dich hinaus auf die Strasse legen, und dem Ohngefähr Preis geben sollte. Ich hatte Mitleid mit deiner Unschuld, und trug dich nach Trosberg.

Siegfr. Gott! die Hand eines Mörders! — die vielleicht noch von dem Blute meiner ermordeten

Mut=

Mutter rauchte? — — Weg mit diesem entsetz=
lichen Gedanken! — du sollst mir ewig ein Räth=
sel, ewig ein dunkles Geheimniß seyn, Schoß mei=
ner Gebährerinn! — das mir kein Sterblicher ent=
falten soll! — Erster meiner Wohlthäter! —
sprich, was machst du hier? was ist deine Ver=
richtung?

Stauz. Meine Verrichtung ist, — meinem
Daseyn fluchen, diesen hohlen Krüften mein Unglück
vorheulen, diese dunkle Hallen mit gräßlichen Weis=
sagungen erschüttern, Hainzen und seinem Troß mit
schrecklichen Ahndungen quälen, und dieses Land so=
wohl als mein Vaterland bejammern, die durch un=
aufhörliches Morden entvölkert werden. — Höre,
junger Mensch, und erschrick: — Ich bin Neid=
hart Stauzer, aus Franken gebürtig, und wohne
schon 32 Jahre, als Hainzens Wahrsager in die=
ser Felsenburg. Ich war 52 Jahr alt, als Hainz,
der damals seine 20 hatte, in unser Land kam, und
mit Hannsen von Walzdorf meinem Herrn Händel
hatte. — Ich hatte mich von meiner Jugend an
auf Sterndeuten, und Zeichenkenntniß gelegt; und
stand bey meinem Herrn deßhalb sehr in Gunsten.
Dieser aber wurde von einem aus Hainzens Knech=
ten erleget, nachdem ich drey Tage zuvor gefangen
worden war, das ich ihm die Gefahr nicht vor=
sagen konnte. Hainz plünderte das Schloß; und
ich mußte ihm hieher folgen, wo er mich mit Ver=
sprechen überhäufte, von denen er bis auf diese
Stunde nichts geleistet hat. — Ich lebe in einer
entlegenen Felsenkammer, und koche mir selbst, was

mir

mir Hainzens Knechte von ihrem Raube überlaſſen. Man bewachet mich ſorgfältig, und erlaubet mir keinen Schritt vor die Warte hinaus: — ich habe ſchon oft vergebens zu entfliehen geſucht. Aus Rache weiſſage ich nun dieſen Böſewichtern nichts, als Tod und Verderben, und verkaufe ihnen als Orakelſprüche die Flüche meines Herzens.

Siegfr. Du dauerſt mich, guter Greis! — Doch die Fürſehung leitet dich in meine Hände. Sieh, Hainz iſt gegen einen Trupp ſeiner Feinde ausgezogen, an derer Spitze vermuthlich mein lieber Pflegevater, Hanns Gravenecker, ſich befindet: — Er wird vor einer Stunde nicht wiederkehren. — Ich bin hier, dich, meine Geliebte, ein unſchuldiges, zärtlich geliebtes Mädchen, Graveneckers einzige Tochter, die dieſer Böſewicht erſt ſeit heute Morgens hier gefangen hält, aus dieſer Mörderhöhle zu erretten. Soldaten lauern drauſſen im Hinterhalte, und werden noch vor Nachtsanbruch dieſen Felſen einen fürchterlichen Beſuch abſtatten. Verſprichſt du mir deinen Beyſtand?

Stauz. So viel ein ſchwacher, abgehärmter Greis leiſten kann!

Siegfr. Nun, ſo höre. Du weiſt, daß dieſe Felſenburg bey Nachtsanbruch mit der Fallbrücke geſchloſſen, und von niemanden, als von Hainz, dir, der alten Eve, und ſeinen Gefangenen bewohnet wird. Der Troß iſt im Einfange des Burghofes in die Baracken vertheilet, wo die beyden inneren Warten ſtehen.

D

Stauz.

Stauz. Das weiß ich: Hainz hält aber die Thüre seiner Nachtwohnung so stark verriegelt, daß ich es schon oft in meiner mitternächtlichen Verzweiflung vergebens wagte, dieselbe zu erbrechen, um den Bösewicht zu erwürgen.

Siegfr. Wir bedarfen deß nicht. Dein Geschäft soll seyn: wenn sich Lärm und Auflauf im Burghofe erregt, die Fallbrücke abzulassen, und dem Haufe, den ich heranführen werde, den Eingang zu eröffnen. Ich werde von einer der inneren Warten gegen den Hard zu, das verabredete Zeichen geben; und, wenn es niemand enttraut, die äussere Fallbrücke öffnen, die Vorposten erlegen helfen, und so mich dieser Felsen bemächtigen. Hainz geräth in unsre Hände; mein Mädchen, mein Vaterland, und du — ihr alle seit auf immer von einem Ungeheuer befreyet.

Stauz. Herrlich, herrlich ist dein Anschlag, junger Mann! — Der Himmel sende Kraft in deinen Arm, und segne dein Vorhaben. Ich will mich zu meiner Befreyung geschickt machen, und den Augenblick mit Sehnsucht erwarten. Welch ein Trost, noch am Rande meines Lebens einmal unter Menschen zu wohnen!

Siegfr. Bey mir sollst du wohnen, lieber Alter! und mit meinem Pflegevater gemächlich deine übrigen Täge vollenden.. — Geh izt; überlaß deine Kruft den Schlangen in Pacht, und den Kauzen zur Wohnung; und mache dich zur Abreise gefaßt.

Stauz.

Stauz. Noch eine Umarmung, lieber junger Mann! (Sie umarmen sich) — Wie dem alten Herzen drin so wohl wird! — Bis Nachtsanbruch also? — (geht ab.)

Siegfr. Gott gleite dich. — —

Siebenter Auftritt.
Siegfried allein.

Schrecklich, schrecklich! — Er erhielt mich aus eines Mörders Hand! — vielleicht eines Mörders, aus denen, die diesen gräulichen Ort bewohnen? — Stärke du, allmächtiger Rächer des Lasters! diesen Arm, das er eine Brut würge, die diese Gegend mit ihrem Hauch vergiftet, und meinem Vaterlande schon so manche, tiefe Wunde geschlagen hat. Es dehnet sich so ein grosser Gedanke, der Herzensjubel eines Menschenretters in meiner Brust! — Ich empfinde kraftgebende Wollust — ein Geschenk von dir, Allmächtiger, das du nur der Tugend zu senden pflegst! — Dank dir, ewiger Tröster! Dank dir! — — Doch, ich will auf das Thorgitter steigen, und sehen, wo Hainz steckt, und sein verruchter Troß. — Nur ein paar Stunden noch, und es ist geschehen!

(Gehen ab.)

D 2 Drit-

Dritter Aufzug.

Erster Auftritt.

(Burghof. Vor den inneren zwey Warten stehen zwey
Wachen. Siegfried steht oben vom Thorgitter der
Fallbrücke aus der Felsenburg herab.)

Siegfried allein.

Noch sehe, und höre ich nichts! — — Sie
müssen gesieget, und die Unglücklichen in ihre Hey=
math verfolget haben, die Mordknechte! — —
sonst müßten sie längst wieder hier seyn. — Gott!
gesieget! — — Wie lange werden diese Ungeheuer
noch die Eingeweide meines Vaterlandes durchwüh=
len; wie lang wird noch das Laster siegen — wie
lange noch Tugend niedergedrücket werden? — —
Stille, aufrührischer Gedanke! — — Du greifest
der Vorsicht ein. Es wird eine Zeit kommen, da
der Tugendhafte Rache vollauf haben soll! — —
(Er öbret ein Gelärm) Laß horchen! — — Dort
sprengts über die Fläche herein! — — Eine
Staubwolke, wie von verheerenden Sturmwinden
aufgetrieben! — — Sie sinds . . . . ich sehe
den wanstichten Molch Hainzen, den Hauptmann
der

der Mordbrenner und Räuber! — — Wie er mu=
thig seinen Hengst daherjaget — und hinter ihm
Reisige, und Knechte — ein verworrener Haufen!
— — Dort ein Trupp mit Gefangenen; oder ver=
wundeten aus der Schlacht! — — Wilde Freu=
de, und bübischer Ungestümm! — — Leider, sie
haben gesieget — gesieget haben sie, die Feinde
meines Vaterlandes! — (Man höret singen) Ich
höre ihren wilden Mordgesang.
(Eine Wache bläßt unten dreymal mit dem Horn, zum
Zeichen ihrer Ankunft; und beyde schreyen zusammen . . .
Hollah! sie kommen!

Siegfr. So freuen sich Satane, wenn ihre ver=
worfenen Brüder neue Zufuhr in die Hölle schlep=
pen! — — Gott, was sehe ich! — — Kann
nicht mehr hinsehen! — — Mein alter Vater!
— — In Fesseln! — Als Gefangener dieser Be=
stien! — — Himmel! mußt' ers wagen! — —
Muß gehen, um mich nicht selbst zu verrathen. —
Wie wird Walltraud diesen Streich fühlen? —
Walltraud! unser Vater! — —
(Geht fort und läßt die Fallbrücke ab.)
(Man höret erst ein lärmendes Zusammenschreien ho ho
ho ho! das immer näher kömmt, und mit folgen=
dem Kriegsliede abwechselt.)

Sie kamen her, die Männlein die,
    Und zerrten Hainzens Knechte:
Die aber schlugen drein auf sie;
    Sie fanden schon die rechte.

Die Lanze flog durch Leib und Seel';
    Und jeder Streich war Wunde.
Gejagt sind sie, gejagt ganz schnell;
    Gelaufen, wie die Hunde.
Das Schwert klopft' ihre Rücken aus:
    Sie werden sich dran reiben:
Sie sitzen nächstens hibsch zu Hauf';
    Und lassen Händel bleiben.

Zweyter Auftritt.

Hainz, Diez, Neidhard, Kunz, Ulrik,
Reisige. Knechte. Der alte Graven=
ecker in Fesseln. Ein paar andere Ge=
fangene. Ein Todter aus Hainzens Knech=
ten, von zwey Kerls hereingetragen.

Hainz, (zum Todten) — — Dauerst mich,
guter Pursche, daß dir diese Hasenjagd dein Leben
gelten mußte! — — Hast mir gute Dienst gethan.
— — Schade, daß dich ein alter Gichterarm töd=
ten mußte, nachdem es etliche hundert baumstarke
Knechte an dir vergebens versuchet hatten! — —
Schon dein buschichtes, pechschwarzes Augenbraun
hatte sonst Kraft, einen ganzen Trupp in die Flucht
zu jagen! — — Der Blutrichter, und seine Büt=
tel von Salzburg hattens erfahren, als sie dich
über Mordbrennen haschen, und gerade in den Ker=
ker schleppen wollten. Du strecktest den gierigen
Fanger, und seine getreuen Knechte mit einem paar
Faustschlägen zu Boden, und sprangest über sie weg
                                                    in

in diese Freyſtätte. — Hier ſollſt du nun auch be=
graben werden, tapferer Junge! wo kein Memmen=
aas eine Handbreit Erde füllet. Diez, verſenke
dieſen braven Körper in unſern Leichethurm, auf
daß er ſich zu den Schatten jener abgelebten Hel=
ben verſammle, die dieſes Schloß ſeit einem Jahr=
hunderte bevölkert, und den benachbarten Gegenden
ſchreckbar gemacht haben.

Diez. (Indem er den Leib des Todten aufgreift,
und im wegtragen) Komm Kamerade! Kannſt aus=
ruhn, bis dich das grauſe Zuſammenröcheln der
Schöpfung weckt!

Hainz. (Noch zum Todten) Steige hinab, wo
die Geiſter der Vorhelden deiner warten; und wo=
hin dich kein Pfaffengeleyer verfolget. Dein Geiſt
ſchwebe über dieſen Felſen, und ſtärke deine Nach=
gelaſſenen. (Zu den übrigen Knechten) — — Be=
gleitet ihn bis an den Thurm. (Sie gehen ab.) —
— Ihr Neidhard, und Ulrik, führet dieſe beyden
unbärtigen Lecker da ins Loch, und werfet ihnen die
Ringe an. (Beide gehen ab mit den 2 Gefangenen.)
Du Kunz, und ihr paar Knechte! — wartet, bis
ich erſt die Verhöre mit dieſem grauen Ritter gehal=
ten habe; er hat mehr, als Kerker verdienet. —
— (Zum alten Gravenecker.) — — Wer biſt du,
Alter?

Graven. Dein Feind.

Hainz. Mein Feind — und in Banden? —
Du biſt ſchnurrig, Alter!

Graven. Meine Seele trägt keine Bande: dieſe
haſſet, verfluchet dich!

D 4   Hainz.

Hainz. O des ohnmächtigen Hasses, des schwachen Fluches! — — Segen oder Fluch von dir! — — Was dir beliebt, Graukopf.

Graven. Du hast meine Tochter entführet, Ruchloser!

Hainz. Deine Tochter? — — Bist du der alte Meyer von Trosberg?

Graven. Das bin ich, gottloser Strassenräuber, das bin ich. — — Wo hast du sie? — — sprich!

Hainz. Er vergißt sich, daß er mein Gefangener ist! — — — Wo ich sie habe?

Graven. Ja, bey Gott! — wo du sie hast! — — (er weinet) meine liebste, unschuldige Walltraud! — — Gott! ich kann sie nicht ertrotzen: bin gebunden! — — Sieh her; auf den Knieen bitte ich dich. (Fällt zu dessen Füssen auf die Knie nieder.) Herr dieser Felsen! — Laß mich sie sehen, daß ich sie vor meinem Tode noch umarme, und in ihren Armen sterbe: — — Denn sieh, meine Kräfte sind versieget, und der heutige Kampf hat mir den Todesstoß auf die Brust gesetzet. — —

Hainz. Kannst du auch winseln, alter Feldherr?

Graven. Du spottest meiner? — — (Raffet sich von der Erde auf.) Ha! ich vergaß, daß ich es mit einem Ungeheuer zu thun habe! — — Du bist nie Vater gewesen, Unmensch: oder hast einer Bärenbrut das Leben gegeben. — — (wüthend) Dieser Spott noch — vom Abfeime der Menschheit! — — Diese grauen Haare wollte ich mir aus=

ausraufen! — — Mußtest hinknieen, alter Geck,
vor den Tyger, und deine wenigen Augenblicke noch
durch so eine Demüthigung beschimpfen. (Er raset.)

Hainz. Dein Trotz ist Wasserblase, die jeder
Athem von mir zerstibt, Ohnmächtiger! — —
Gieb dich zur Ruhe, Alter! Gefangene pflegen nicht
zu toben, wenn sie den Herrn ihrer übrigen Lebens=
stunden vor sich stehen sehen. Du hast dein Leben
verwirket, Grauschedel! — — Hast einen mei=
ner Knechte erleget, und mir selbst nach dem Leben
gestrebet.

Graven. Ich that was Ritters ist; und
that es mit Recht, weil du meine Tochter mir
raubtest.

Hainz. Die du nie wieder herausbekommen sollst.
Sie ist meine Geliebte.

Graven. Geliebte! — — Himmel, deine
Geliebte! — — bey allen Heiligen! Hainz! hast
du ihr Wort?

Hainz. Und wenn ich es hätte?

Graven. Den alten Schedel wollte ich an der
Felsenwand da mir zerschmettern, und mich, und
sie hinab in den tiefsten Abgrund fluchen! —
— Doch du lügst: ewig, — ewig konnte sie das
nicht.

Hainz. Und warum nicht? Müßte nicht eines
armen Mayers Dirne stolz seyn, Hainzens Herz
zu besitzen, vor dem sich alle streitbaren Männer die=
ses Landes verkriechen müssen?

Gra=

Graven. Die ehrliche Dirne eines ehrlichen May=
ers wiegt tausend lasterhafte Hainze auf. Sie wür=
de sich, und mich entehret haben.

Hainz. Dein Trotz geht zu weit, Alter! — Du
verkürzest deine wenigen Augenblicke. Deine Toch=
ter muß mir werden, so wahr sie meine Gefange=
ne ist.

Graven. Sie wird dir nicht werden, wenn sie
anders meiner noch würdig ist.

Hainz. Geifre dir den Bart voll, alter Wahn=
sinniger! — Noch will ich dir Bedenkzeit geben.
Hörest du! — — Versprichst du nach einer kur=
zen Frist, deine Tochter dahin zu bereden, daß sie
mich liebt, so schenke ich dir dein Leben. Wo
nicht: so soll der Henker dir deinen starren Sche=
del zurechte setzen. — — Führet ihn fort —
hinab ins Loch, wo neulich der Kaufmann gesessen
hat.

Graven. (Im Fortgehen für sich.) Gott! — auch
meinen Siegfried nicht! — —

(Kunz und die zurückgebliebenen 2 Knechte führen den
alten Gravenecker mit sich fort.)

Dritter Auftritt.

Hainz allein.

So rastlos Tag und Nacht! — — und kein
Menschenherz, das in den Ton des meinigen stim=
met! — — Alles mit wilder Gewalt! — keinen
Wink freywillig! — — Hainz! deine Tage sind
bit=

bitter, und deine gefürchtete Macht ist die Würge-
rinn aller deiner Lebensfreuden. — — Muß ruhen! (Sezet sich auf einen Stein.) — — Noch nie
empfundene Schwermuth sinkt nieder auf meine Seele! — — Diese finsteren, nackten Felsenwände
hier, und dieser enge Bezirk von unbezwinglichem
Gemäuer — — sind der einzige freye Tummel-
platz meines Lebens. Einen Schritt ausser selben —
Feinde, und Mord! — — Ein Trupp Räuber
und Mordbrenner zu meinen Befehlen, worunter
der erste, grimmigste ich selbst bin! — — Himmel und Erde zu Feinde! Tod und Hölle meine Erwartung! (immer schwermüthiger) — — Nie hat
der Pfaffen einer mit seinem Sündengebläre diese
Felsen betreten, ich hielt sie selbst meiner Gefängnisse unwürdig, und strafte den, der mir einen von
ihnen in Ketten einbringen wollte. — — Es ist
kein Gesetz unter der Sonne, dem ich nicht zuwider
gehandelt, keine Tugend, die ich nicht geschändet
habe! — Gesetze, Tugend, Himmel, Hölle! —
Wie kömmts, daß euch mein Mund spricht, und
mein Herz über euch aufschauert? — — Seit ihr
doch nichts, als Mädchengrillen, und Ammengezüch-
te, die Männerernst verspottet? — — Hainz!
Hainz! — Wenn sie aber etwas drüber wären!
— — (Springet auf.) Drüber, oder nicht drüber! — — Wenn ich gesündiget habe, so ist es
zu späte umzukehren: ich hätte zu viel auszusöhnen
mit Himmel und Erde, als daß ich das Ende der
Friedenstraktate zu überleben hoffen könnte. — —
Doch (sich ermannend) — — wozu diese schwer-
müthi-

müthige Grille? — — Hat etwa dieser alte Rap=
pelkopf die schwarze Galle angehauchet? — oder
mich sein kindischer Fluch muthlos gemacht? — —
Pfui — — müßte in den Koth mich schämen,
wenn einer meiner Knechte mich in dieser weibischen
Stellung überfallen hätte! — — Will mich auf=
richten — meine Junggesellenmiene an mich neh=
men, und hinauf zu meiner neuen Schönen gehen!
— — Vielleicht ist sie nicht mehr so trotzig; hat
die Hörner sich abgestossen: vielleicht hat die alte
Eve wieder eines ihrer Meisterstücke daran gemacht,
und ihr den steifen Jungfernacken gebrochen. — —
Ich bringe einen neuen Beweggrund mit mir —
ihren Vater im Kerker, denn sie nur mit Liebe ge=
gen mich loskaufen kann! — Das war eine stattli=
che Eroberung, die mir so ganz selbst in die Hände
gelaufen kam! Das wird sie vollends übern Haufen
stürzen, die Unbändige, die Hainzens Herz schon
so lange gefesselt hält. (Will abgehen.)

Vierter Auftritt.

Hainz. Neidhard.

Neidh. (Läuft hastig daher.) — Herr! deine
Waltraud ist ganz ausser sich: sie tobet, raset,
will sich ermorden. Sie hat von ohngefähr die
Gefangenschaft ihres Vaters erfahren, und ist nicht
mehr zu bändigen. Willst du, daß man sie prügeln
soll, oder einsperren zwischen einem Mauerkesicht,

das

daß sie drin harren muß, ohne toben, oder sich rühren zu können?

Hainz. Bestie! daß ich dich nicht zum Wurm zertrete! — — Wer Teufel gab dir diesen An= schlag? — (für sich) Ich will selbst gehen, und sie besänftigen! -	(Geht eilig ab.)

Fünfter Auftritt.

Neidhard allein.

Potz aller Schindersknochen! — — Zum Wurm zertreten — eines elenden Nickels wegen, der sich ziert, als wenn er die Fallsucht kriegen wollte! — — Wie Hainzen nicht dieses klapperdürre Mensch da zum Narren machet! — — So hab ich ihn die 20 Jahre, die ich mit ihm reite, nicht gese= hen? — — So geckenhaft vernarrt, und win= selnd zu den Füßen einer Aeffinn, die sich Jungfer nennet, und seiner Herrlichkeit mit allen möglichen Grobheiten hofiret! — — Mich zum Wurm zu zertreten! — — Hainz! — das wär zu viel für einen Reisigen, der schon manchen tapferen Ritter aus dem Sattel hob, und schon so manchen Schwert= streich ober deinem Haupte zurückschlug! — — Wollts nicht zweymal hören, Hainz? — nicht zweymal eines filzigen Mädchens wegen! — —

Sech=

Sechster Auftritt.

Neidhard. Kunz.

Kunz. Was murmelſt du da zwiſchen den Zäh=
nen, Kamerade? Du haſt Verdruß .... blickeſt
fürchterlich; und wild rollt ſich dein Aug im Kopfe.
Sprich, wer hat dir gethan?

Neidh. Wer mir gethan hat? — — Frag
ihn, den alten Buhlerjunge Hainzen, der eben in
den Schoos ſeiner Meerkatze fortgelaufen iſt.

Kunz. Was ſagſt du, Kamerade? — Hainz!
— konnte einen Reiſigen, wie du, mißhandeln?
Nein, das werde ich nicht glauben.

Neidh. Nun ſo glaub es bey allen Höllfurien
nicht. — — Und es iſt doch ſo. — — Hainz
beſchimpfte mich, und zwar — (pfui, daß
ich es nur ſagen muß!) einer ſtännenden Dirne
wegen!

Kunz. Hainz? — Dich? — Eines Weibſtü=
ckes wegen? — Kamerade, das iſt entſetzlich.

Neidh. Drohte mich zum Wurm zu zertreten,
der Pfotenlecker da! — — Deſſen Knochen längſt
Bayerns Krautäcker gedüngt hätten, wenn ich
nicht ſein guter Schutzgeiſt geweſen wäre! ....
Mord — und Hölle! — — Ritt immer dicht
an ſeiner Seite, ſprengte mit ihm ins Gedränge,
ſchlug über Augen, und Ohren, Helm und Viſir
auf jene zu, die mit blanken Schwertern auf ihn
herangerannt kamen! — — Habe 63 Narben am
Leibe, die ich alle in ſeinen Händeln davontrug?

Und

Und itzt! — — Mag nicht dran denken; 's thut
zu wehe, Kamerade! — — So kann man unsre
Treue vergessen!

Kunz. Kann dir nicht unrecht geben, Kamerade! Es ist zum Todtärgern. Macht ers doch täg-
lich unleidlicher. Seitdem ihm der Henker dieses
Frazengesicht in den Kopf gezaubert hat, ists, als
wenn er unser gar nicht mehr bedürfte. — —
Denk nur, wie er mir heute Morgens begegnete.
Ich stand draussen auf der Skartwache, als er mit
dir, und einigen unsrer Knechte auf dieses erbärm-
liche Abentheuer ausgezogen war. Da ritt er plötzlich in vollem Galopp auf mich her, das Mädchen
übern Sattel: stieg ab, und trug mir bey Lebens-
strafe, — denk nur, bey Lebenstrafe! auf, das
Haberding da zu mir zu nehmen, hinauf in seine
Stube zu tragen, und ihrer mit möglichster Sorg-
falt zu pflegen: er würde, sagte er, in wenigen
Augenblicken selbst hier seyn; und wehe meinem
Kopfe, wenn ich was daran versehen haben sollte! . . . . Er stieg wieder zu Pferde, und fort
nach dem Harde! — Ich biß die Zähne knirknar
über einander, und fluchte meinem grauen Barte,
daß ich in meinen alten Tagen noch zur Kindsbirne
werden sollte. Nahm gleichwohl das schmächtige
Ding da auf meine Schulter, trugs hinauf in
Hainzens Stube, und schmiß es auf seine Matraze
hin. Da lag sie nun ohne Zeichen, und bleich,
wie eine Todte! — — Hainz, dacht ich, möchte
glauben, ich hätte ihrer nicht recht gepfleget, und
rüttelte sie erst: denn zupfte ich sie an ihrer Spitz-

nase,

nase, schüttelte ihr den Kopf, daß ihr die Backen
schlutterten — bis sie endlich die Augen aufzureis-
sen, und mich grausig anzustarren anfieng. — Wie
sie aber auch itzt zu heulen, sich zu krümmen, die
Hände zu ringen, und zetter zu schreyen begann!
— — Kamerade, da wollte ich lieber unter einem
Trupp von Knechten gewesen seyn, wo's klink klank
über meinen Kopf gegangen wäre, und es Spiese,
und Lanzen, und Schwerter über mich hereingeha-
gelt hätte, als da dieses Mädchengeheul angehöret
zu haben! — — Und als Hainz kam — hatte
ich kaum so viel Dank, daß man mich ohne Rip-
penstöße davon schaffte. — Hainz schalt mich einen
Bastart von Wildfang!

Neidh. Herrlich für einen Reisigen! — —
Kamerade! da leidts mich nicht lange mehr.

Kunz. Mich auch nicht, wenn ich nur mit Ehren los werden könnte! Galgen, und Rad wartet
unser, wenn wir einen Schritt ausser diesen Mauern
setzen !

Neidh. Und so zu leben, geht über Galgen,
und Rad.

Kunz. Wenn wir nur einen Sprung hinaus ins
Schwaben machen könnten, ohne die verfluchten Zwi-
schenwege gehen zu müssen !

Neidh. Wenn nur nicht jeder von uns so genau
mit Haut und Haare im Büttelregister stünde! Der
Gauner blickt uns zu sehr aus den Augen.

Kunz. Möchte den Kopf mir zerreissen. — —
Solls denn für uns gar keine Erlösung geben?

Neidh.

Neidh. Gar keine Ritze zur Ausflucht? — — Wie wärs, wenn wir Hainzen in die Hände der Gerechtigkeit überlieferten?

Kunz. Wie könnten wir das? — — Würde nicht der ganze übrige Troß unserm Vorhaben entgegen seyn? — — Trauet er wohl einem aus uns, ohne den ganzen Haufen mitzunehmen, dem daran liegt, eine Freystätte zu haben wider Rad und Schwert? — — Wer würde unsern Entschluß den Richtern kund thun, auf daß sie uns für Hainzens Kopf das Leben schenkten? — Unübersteigliche Hindernisse!

Neidh. Schweig, Kamerade! — — Da kömmt der Junge, den heute Hainz zum Reitknecht aufnahm. — — Der schleicht daher, als wenn er allen Wänden ihre Geheimnisse ablauschen wollte! — — Verstelle dich, Bruder! ist ein neuer Besen! — — Da ist nicht zu trauen.

Siebenter Auftritt.

Siegfried. Vorige.

Kunz. Wie du daher schleichest, junger Mann! als wenn du zentnerschwer aufgeladen trügest! Du bist nicht guten, frischen Muthes, Pursche! — Sahst heute Morgens so stattlich, so feurig aus, als dich Hainz in seinen Dienst nahm. Was wurmt dir im Kopfe, daß du so finster schauest?

Siegfr. Nichts, meine Herren, nichts! — — Ich habe so Gedanken für mich — aus den

E   vori-

vorigen Tagen her, wovon ich Mühe habe, mir so
manches aus dem Kopf zu schlagen.

Neidh. Ein holdes Mädchen, Junge, daß du
verlassen mußtest, weil du in Lebensgefahre warst,
nicht wahr? — — Die Gerichtsknechte haben dich
diese Straße hieher verfolget?

Siegfr. Ihr betrieget euch, lieben Leute! —
— Ich bin keiner von denen, die Hainzens Waf=
fen tragen, weil sie ihr Leben verwirket haben. Ich
kam so ganz freywillig hieher.

Kunz. Freywillig, sagst du? — — Nun so
magst du wohl der Unglücklichste aus uns seyn! Von
uns kam keiner freywillig in diese — —

Neidh. (Stößt ihn.) Nimm dich in Acht, Ka=
merade!

Siegfr. In diese Mördergrube — in diesen
Fluchort — wolltest du sagen, lieber Mann? —
— Verschweig es nicht: du sprichst nicht leicht zu
viel.

Kunz. Wie, junger Mann! — — Bist du
dieser Stätte schon überdrüßig geworden? — —
Erst einige Stunden hier, und schon Fluch auf dei=
ner Zunge?

Siegfr. Fluch — Abscheu — Verwünschung
— Hölle und Tod auf meiner Zunge! — — O!
Lieben, höret mich! Quält Unruhe, Unzufrieden=
heit, Ueberdruß, lange Weile, Verzweiflung euer
Herz — höret: ich stehe hier vor euch, ein ehrli=
cher Mann! — Habt kein Geheimniß vor mir!
Redet!

Kunz.

Kunz. Darf man dir trauen, junger Ritter? — — Auf dein Ehrenwort?

Siegfr. Habt meine Hand! — Redet!

Kunz. Wir wünschen dieses weibischen Hainzens los zu werden.

Neidh. Oder ihn gar abzuwürgen, zu zertreten, wie einen Wurm, den undankbaren Wicht: — — Freund! Kann dein Herz Verschwörung ertragen?

Siegfr. Verschwörung und Mord! — — — Nun wenn das euer wahrer Ernst ist; wenn ihr Muth habt, eure Worte mit Thaten zu versiegeln. — —

Beyde. Ernst und Muth, trotz Tod und Hölle.

Siegfr. So höret. Ich bin des Mädchens Bräutigam, das Hainz diesen Morgen in diese Schwindgrube hieher entführet hat. Der Alte, den ihr eben erst einbrachtet, ist ihr Vater, und ich sein Pflegesohn von Kindesbeinen auf. Alter Haß, und neue Rache erweckten den Entschluß in mir, der Entführten hieher zu folgen, und unter der Larve eines dienstlosen Reitknechtes Hainzens Dienste zu nehmen. Ich warb aufgenommen, wie ihr wisset, und habe nun seit einigen Stunden bereits wichtige Schritte gemacht. Der alte Stauzer, Hainzens Wahrsager, ist auf meiner Seite.

Neidh. Stauzer! Stauzer! vortrefflich.

Siegfr. Ehe ich hieher kam, wußte ich schon, daß dieser, und die alte Eve nebst den Gefangenen, die mit grossen Schlössern verrammelt sind, Nachts

ganz

ganz allein mit Hainzen, der sich fest auf seine
Schlafstube sperret, in dieser Felsenburg wohnen:
indeß ihr anderen da im Vorhofe auſſen in den Baracken zerstreuet lieget, und wider Ueberfälle auf der
Hut seyn müſſet. Stauzer war also eine Haupt-
rolle für meinen Plan: denn ihr müſſet wiſſen, daß
ein Trupp Münchner Soldaten, und ein Haufe
Kuriſſer aus Salzburg drauſſen in den Rainen links
hinüber am Harde lauert, um mit geſammter Hand
einen Ueberfall zu wagen.

Beyde. Münchner und Salzburger, ſagſt du?
Iſts dir Ernſt?

Siegfr. Was zaget ihr? — Ernſt, Ernſt
Kameraden? — Münchner und Salzburger!

Neidh. 1ter. Wehe uns! Du lieferſt uns in
den Tod.

Kunz. Wir ſind verloren!

Siegfr. Ich verſtehe euch. Ihr fürchtet die
ſtrafende Gerechtigkeit. Seid ruhig. Ich ſtehe
Bürge für euer Leben: es ſoll euch kein Haar ge-
krümmet werden, wenn ihr muthig mit mir zu Wer-
ke gehet. Die Richter verſprechen euch Gnade, und
Verzeihung, wenn ihr Hainzens Kopf in ihre
Hände liefert. Mit Hainzen zerſtibt die ganze
Bande!

Neidh. Verſprechen ſie das, die Richter? —
— Nun haben wir gewonnenen Handel. — Sprich,
wozu brauchſt du uns?

Kunz. Befiehl junger Mann, wir horchen.

Siegfr. Wiſſet alſo; — — Sobald es Abend
zu werden, und der naſſe Nachtnebel dieſe Felſen

ein-

einzuhüllen beginnet, so begebet euch mit leisen
Schritten in die Gegend der Fallbrücke an den inneren Warten, wo ein paar Knechte Wache halten. Ich steige denn auf eine der Warten, und gebe ein Zeichen, das mein Pflegevater mit ihnen verabredet hat. Da wirds draussen vor der Fallbrücke auf einmal Lärm, und Waffengeräusche,
und Mordioschreyen geben. Ihr beyden überfallet
aber wie im Fluge die beyden Wachen an der
Fallbrücke; rennet sie, ehe sie sich dessen versehen,
von hinten zu Boden, und lasset hierauf ohne Zeit-
verlust die Fallbrücke ab. Da werde ich euch zu
Hilfe kommen, den Trupp hereinführen, unter den
ihr euch mit gezogenen Schwertern zu mengen habt,
und über die innere Fallbrücke, die uns Stauzer
öffnen wird, durchbrechen, daß wir den boshaften
Hainzen im Nachtkleide überraschen, und in Eisen und Bande schlagen. Gefällt euch dieser Anschlag?

Neidh. Er ist nicht zu verwerfen, junger Mann!
— Aber wie werden wir b' den, da im Waffen-
getümmel, bey der Dämn rung, von den herein-
dringenden Soldaten ungeka...t, unser Leben retten
können?

Siegfr. Auch dafür ist gesorget! Diesen Reigerbusch hier — stecket auf eure Helme, wenns
Lärm wird. Das ist das Zeichen, daß Freunde
von Feinden unterscheiden soll! Siegfried und
Walltraud ist unsre Losung.

Kunz. Nichts, gar nichts vergessen, göttlicher
Mann, unser Erretter! O! wenn es nur schon

E 3 Abend

Abend wäre! — — 's wird mir so wohl, so leicht auf meiner Brust! Freyheit! Freyheit! wie lieblich thöneſt du in Herz und Ohren! — Will dich nicht mehr aufs Spiel ſetzen: — hab lange genug gegen Bubenſtücke dich vertauſchet!

Neidh. Dürfen wieder frey und ſorgenlos unter den Menſchen einher wandeln, ſicher von nachſchleichenden Bütteln, und beſtochenen Verräthern: — nicht immer links und rechts uns umſehen, ob uns kein Steckbrief den Weg abgelauert hat! — Dürfen ruhig, gleich ehrlichen Bürgern, die Freuden des Lebens genieſſen, kurzweilen, und ſcherzen unter Ehrlichen; und ſicher im Schooſe wachender Gerechtigkeit entſchlummern! — — Seeligkeiten, nach denen wir ſo lange, ſo viele Jahre vergebens geſeufzet haben! — — Verlaß dich auf uns, junger, edler, liebenswürdigſter Ritter! — Wir wollen unſer möglichſtes thun.

Kunz. Mit unſerm Leben ſtehen wir dir Bürge: du ſollſt alle Wunder ſehen.

Siegfr. Ich erwarte alles von euch. Freyheit iſt euer Lohn! — — Nun gehet, zerſtreuet euch unter die übrigen Knechte, daß man unſre Verſchwörung nicht enttraue. — Bey Abendsanbruch — beym Waffengelärme auſſer der Fallbrücke — Siegfried und Walltraud die Loſung. —

Beyde. Richtig! Richtig! — — Bis dahin!
(Gehen ab auf verſchiedenen Seiten.)

Siegfr. (allein) Die Verſchwörung wäre glücklich gekettet. — — Nur quälet mich Kummer noch wegen meinen alten Pflegevater, den ich noch nicht geſpro=

sprochen habe. Er ist unsanft, und bitter in seinen Ausdrücken: ich habe alles für sein Leben zu besorgen, wenn ich nicht Mittel finde, seinen unbeugsamen Sinn zu mäßigen, und ihn auf die paar Stunden noch zur Nachgiebsamkeit zu bereden. Jeder Augenblick ist Tod für ihn, den ihm seine Walltraud entzogen bleibt. Ich will gehen; den Gefängnißwärter bitten, daß er auf eine kurze Zeit seinen Dienst mir überlasse; will sie zu ihm führen, seine Herzens = Walltraud, daß Trost auflebe in seinem Herzen, und er Kraft habe, bis ans Ende mit Geduld auszuharren. (geht ab.)

Achter Auftritt.

(Eine grosse Felsenstube.)

Walltraud. Hainz.

Walltr. (mit zerrauften Haaren.) Sprich, Unmensch! Wo hast du ihn? Ist er todt? Lebt er? Sprich!

Hainz. Und was wolltest du, närrisches Ding, wenn er lebte?

Walltr. Oh, wenn er lebte! — — In seine Arme wollte ich mich werfen, und in seiner Umarmung sterben! — Doch du täuschest mich! — Ihr habt ihn schon umgebracht, getödtet, ihn, der mir das Leben gab, der mir, und dem ich alles war! — — Was zauderst du, Mörder? Heraus mit der Sprache!

E 4 Hainz.

Hainz. Nun so wiſſe, Mädchen: Dein Vater lebt noch.

Walltr. Er lebt noch! Lebt noch! — Hat dein Mund je Wahrheit gekannt, o ſo laß dieſes keine Lüge ſeyn, Hainz! Er lebt noch, ſagteſt du?

Hainz. Ja, er lebt noch. Allein, daß er noch ferner lebe, hängt einzig von dir ab.

Walltr. Von mir? — — Sprich, was kann ich, was ſoll ich thun, daß er ewig lebe?

Hainz. Sehr wenig, Mädchen, ſehr wenig. Hainz hat einen ganz geringen Preis auf ſeinen Kopf geſetzet.

Walltr. Was für einen, Menſch? — Laß mich ihn wiſſen.

Hainz. Keinen anderen, als was du leicht geben kannſt: — Dein Herz für Hainzen, der dich liebt.

Walltr. Gott! Ein verfluchter Preis! Unmög-lich! Unmöglich!

Hainz. So muß dein Vater ſterben, und wenn er tauſend Aecker für ſeinen Kopf zu biethen hätte.

Walltr. Erbarmen, mächtiger Herr über Tod und Leben, Erbarmen! (fällt ihm zu Füſſen.) Gloſcht gar kein Funke von menſchlichem Mitleide in deinem Buſen? Iſt dein Herz Stein, und deine Seele un-empfindlich, wie Marmor?

Hainz. (hänifch) Iſt dein Herz Stein, und dei-ne Seele unempfindlich, wie Marmor, daß dich Hainzens Bitten nicht rühren, noch ſeine Seufzer

dein

deln Mitleid verdienen? — Sprich, wer ist grausamer, unempfindlicher aus uns?

Walltr. (Heftig sich aufraffend.) Dein Verwe-
gen ist Todsünde; und dein Seufzen Empörung wider den Himmel. — Du strebest eine Unschuld zu un-
terdrücken, und Tugend zu schänden. Ich bitte
für das Leben eines tugendhaften, zärtlichst geliebten Vaters.

Hainz. Der mich in meiner Burg zu überfallen
gekommen war: der einen Troß Knechte wider mich
waffnete, und mir eine blutige Fehde both; der
selbst einen meiner Knechte aus Irrthum mordete,
weil er mich zu durchbohren glaubte; — der mir
eben erst vor meinen Knechten Bitterkeiten und Vorwürfe unters Gesicht sagte, und noch mit gebundenen Händen wider mich rasete!

Walltr. Würde nie wider dich geraset haben,
wenn du ihm seine einzige Tochter nicht entführet hättest, die dir ewig nicht werden kann, — deren
Herz längst einen anderen angelobet, und verpfändet ist.

Hainz. Paß des kindischen Angelöbnisses! Alle
Verpfändung hört auf, wenn Gewalt die Bande
zerreißt. Ich kann dirs gebiethen, Mädchen, daß
du gehorsam bist.

Walltr. Zu deiner Magd, zu deiner Sklavinn
kannst du mich machen: aber ewig zu deiner Liebhaberinn nicht! — — Erschreckliche Verbindung:
Walltraud Hainzens Liebhaberinn!

Hainz. Nun, so wiſſe, unbeugſames Mäd=
chen! ehe eine Stunde vergeht, ſoll dein Vater das
Opfer deines Starrſinns werden.

Walltr. Nicht doch! Mann der grauſamen Ge=
walt! nicht doch! — — Verzieh nur einen Tag
noch!

Hainz. Nicht eine Stunde mehr!

Walltr. Wenigſt, bis ich ihn ſpreche! — —
Vielleicht — —

Hainz. Vielleicht? — — Vielleicht, daß er
dir neue Beweggründe an die Hand gebe, den zu
täuſchen, der deiner Macht hat? Dein Sträuben,
Mädchen, beſchleunigt nur den Tod deines Vaters:
und was gewinnſt du damit am Ende? — — Ich
gehe, deinem Vater das Todesurtheil anzukünden.

Walltr. (für ſich) Stärke mich Gott der Tu=
gend! — — Geht Kindesliebe nicht über Tugend?
War Naturgefühl nicht unſer erſtes, das wir kann=
ten, und das uns der Schöpfer ſchon, ehe wir
noch Vater lallen konnten, in die Seele gegraben
hatte? Sind nicht die Tugenden ſpätere Begriffe un=
ſrer Erziehung? — — (zu Hainzen) — — Hainz,
Herr! höre mich; ich will —

Hainz. Was willſt du? ſprich. Ich habe der
Mädchen noch einen vollen Schock beyſammen: ko=
ſtet mich keines Bittens, daß ſie mir werden.

Walltr. Ich will erſt meinen Vater ſprechen:
ihn bitten, daß er ſeine Einſtimmung mir gebe. —
— Nur ſo lange gedulde dich, Herr!

Hainz. Willſt du das ernſtlich, Mädchen? —
— Tritt endlich Vernunft an die Stelle der Schwär=
merey,

merey), und verschwindet der Popanz, der dich
schreckte, vorm Anblick einer höheren Gewalt? ——
Will Geduld tragen, Mädchen, bis du dein Gehirn vollends in Ordnung bringst: will einen meiner
Knechte dir schicken, daß er dich in meiner Beglei-
tung in den Kerker deines Vaters führe: will euch
dort zusammen sprechen; und — oder Gnade dir,
und ihm, oder Tod deinem Vater, und Gewalt die
verkünden. — Geh itzt auf dein Zimmer, liebes
Mädchen; und denke auf Beweggründe, mit denen
du deinem Vater zu Leibe gehen sollst. Hast hier
keine Mittelwahl — — Tod, oder Leben! —
Dein Sträuben reizet nur die Macht des Bezwingers.

(Walltraud geht in Thränen ab)

Neunter Auftritt.

Hainz (allein)

Das hat gekostet! — — Wie erwünscht mir ihr
Vater ins Garn gelaufen kam? — ein herrlicher
Beweggrund für meine Forderung i — — Aber,
wozu doch so viel Glimpflichthuns, und Flehens
um die Liebe eines gefangenen Mädchens? — —
Kenne mich selbst nicht mehr. — — Bin noch immer so ungezwungen glücklich gewesen: hab nicht
gegirret, gewinselt um ein Mädchen, das ich so
ganz in meiner Gewalt hatte! Diese einzige da, eine aus den Jungfrauen dieses Landes, wie sie sich
nennen, hat so viel ehrwürdiges, so viel zurück-
scheuendes an sich, daß ich selbst nicht begreife, was

die

die Hände mir sperret, um ihr mein Recht mit Gewalt zu entreißen. Seltsam! So was muß dir noch nie unter die Hände gekommen seyn, alter Hainz? Vielleicht ist's auch eben das, was sie meinem Herzen so werth machet! (es geschieht ein dreymaliger starker Schlag) Bey allen Elementen! — welch ein Schlag! — fürchterlich! — wollen diese ungeheuren Felsengewölbe zusammenstürzen? — Erschrecklich! (er will entlaufen)

Zehnter Auftritt.

Stauzer (stürzt gegen Hainzen herein.)

Stauz. Hast du das dreymalige Schlagen auf dem Ambos der Hölle gehöret, Hainz? — — Dreymal widerhallte diese Felsenburg den Todesschall des höllischen Hammerschlages! — Die mitternächtlichen Kauze haben heute Nachts die Todtenvigil gekrächzet; und grausig, grausig hat der Uhu auf dem Fenster deines Schlafzimmers geheulet. Eine fürchterliche Stimme brüllte tief im Abgrunde des Felsenbrunnens, und Mord, Hölle, und Zernichtung zetterte es herauf aus der grundlosen Tiefe. Das Leben ist an Verzweiflung verpachtet worden, und der Erbarmer hat dem Richter sein Amt abgetreten. — Gewissen, und Richterstuhl haben ihre feurigen Wägen mit Rachefurien vorgespannet, und der Wüterich starb an der Folter. Raserey hat die Liebe begehret, und Grausamkeit mit Sanftmuth Friede stiften wollen. Allein Himmel und Hölle mach=

machten Bündniß miteinander, den Frevel zu rächen. Der Himmel hat gedonnert; und die Hölle ihren Rachen weit aufgesperret, um ein Ungeheuer mehr in ihren Bauch zu begraben. Gräulich — unerträglich! Wie der Pfuhl heraufstinkt von der Tiefen unterster? Wie die Flamme heraufleckt um ihren Braten! schrecklich! schrecklich! wie's donnert, Feuer speyet, raßelt, brüllet da unten? — — — Wehe, wehe! Die Luft ist vergiftet: die Erde spaltet sich: und die Wände verschlingen den, der sich ihnen nähert! — — Hainz, Hainz! sieh dich um, deine Haare sind zu Furien, jede deiner Adern zu einer Schlange, jeder Gedanke in dir zu einem Teufel geworden! Wehe mir, wehe, wehe!

(läuft davon)

Elfter Auftritt.

Hainz (allein)

Er ist fort: seine gewöhnliche Tobsucht hat ihn befallen! — — Noch zittere ich an allen Gliedern. So entsetzlich kirrte der Fluchpsalm noch nie aus seinem Munde. — — Es ist doch Bangigkeit in meiner Brust, und kalter Schweiß liegt hier an den Schläfen. — Sollten die Worte dieses Rasenden nicht Raserey, — Wahrsagung seyn? Stauzer hat von Jugend auf Weissagung gelernet, und kennet die Vorzeichen des Unglücks: — weissagte mir schon so manche Zukunft des Ohngefährs; und die Erfahrung hat seine Worte bestätiget. — — Schrecklich,

wenn

wenn diese Raserey Wahrsagung gewesen wäre! ———
— Wenn es wäre? — — Wenn es aber nicht
wäre! — — War die Raserey nicht handgreiflich?
— sprach er nicht unbegreifliche Dinge, woran sein
eigen Herz keinen Antheil haben konnte? — —
Und ist nicht alles, alles Phantasiengeburt, was er
daher predigte? — — Das Alter verrückt sein
Gehirn, und die Schreckbilder der ersten Kindheit
wachen in ihm auf, weil die denkenden Kräfte des
Mannes versieget sind. — — Aber die Schläge,
die drey fürchterlichen Hammerstreiche! — —
Ausbrüche unterirrdischer Winde, die irgend durch
eine Kluft sich losrissen, und durch Knall ihre Be=
freyung verkündigten! — — Aber dreymal, drey=
mal? — gerade nur dreymal! — Und wenn es
hundertmal gewesen wäre! — Was liegt an dem
Lumpenwort dreymal! Die unterirrdische Luft hat
sich dreymal, aus drey Klüften, und nicht viermal,
und aus nicht weniger Klüften losgerissen. Das
ist alles. Soll ich darum meine Vernunft in Fessel
schlagen, weil es der Luft nur dreymal beliebte,
loszuknallen? — — Vernunft findet überall na=
türliche Ursache, wo Aberglaube und Dummheit
Wunder, und überirrdische Mächte wähnet. Fort
mit diesen Gedanken der Mitternacht! — Will ge=
hen, und Anstalten zu einer vergnügten Nacht machen.

Ende des dritten Aufzugs.

Vier=

Vierter Aufzug.

Erster Auftritt.

(Eine Felsenkammer)

Walltraud (allein.)

Unglückliches Mädchen! Wie arglistig hat dir die
Hölle alle Ausflüchten vereitelt? — — Auf was
für eine Seite lenkest du die verfluchte Wage? —
Das Leben deines zärtlichst geliebten Vaters auf ei=
ner — — Siegfried, Treue und Tugend auf der
andern Wagschale! Gott mag hier ein Engel wäh=
len, um nicht durch jeden Ueberschlag zum Satane
zu werden! — — Wähle ich nicht: wähle den
den Tod für mich? — schrecklich! — so ziehe ich
Vater und Siegfried mit in die Grube. — Kann
ich aber auch Siegfried Treue und Tugend verra=
then? — meinen Siegfried? — — O ewig,
nicht! — — Himmel, du weißt es, wie enge
unsre Herzen verknüpft sind. Kam er nicht hieher,
um auch unter Mördern, und Unholden seiner Wall=
traud nahe, zum Schutzgeist zu seyn? — Und
ihn sollte ich verrathen, einem Ungeheuer nachsetzen
können? — — Ewig, ewig nicht. — Was
                                                    bleibt

bleibt mir aber noch übrig? — — Meinen Vater,
den ersten Geliebten meines Herzens zu tödten, durch
Räuberhände abwürgen zu lassen, wie einen Missethäter? — Ich seine geliebteste Tochter, für die er
sein Leben zum Opfer brachte, schuldig an seinem
Blute! — — Entsetzlich, entsetzlich! — Auch
das kann ich nicht, kanns nicht. Gott im Himmel
wie sollt ich das können! — — Sie werden kommen, sprach Siegfried, und uns in Freyheit setzen;
so sprach der gute Jüngling. Aber fordert nicht
Hainz Einwilligung noch vor Abends Anbruche! —
und kann nicht ein plötzlicher Schwertstreich meinen
Vater tödten? Scheinet nicht die ganze Hölle für
ihre Miethlinge gewaffnet zu seyn? Gott! wie sie-
dets hier, wie kochts in meinem Gehirne! Jeder
Gedanke in mir ist Glut, und jeder Blutstropfe
fällt schwer, wie ein Felsenstück, auf mein Herz!
— — Siegfried, oder Vater! Vater! oder Siegfried — — einer von euch ist für mich unwieder-
bringlich verloren; und kann einer für Walltraud
ohne Walltraud verloren seyn? — —

(sie stützet den Kopf auf einen Felsentisch und schluchzet)

Zweyter Auftritt.
Siegfried kömmt.

Siegfr. (für sich) Sie liegt tief in Gedanken
versenket. Armes Mädchen! Sie weiß nicht, daß
die Erlösung so nahe ist. (tritt näher) Walltraud!
Walltraud!

Walltr.

Walltr. (wie vom Schlafe auf) Göttlicher Sigfried! mein Schutzengel! — — Lassest du deine Walltraud so lange ungetröstet in den Foltern ihres Herzens, und mit der Hölle in Kampf.

Siegfr. Vergieb, Walltraud! Mein Herz war stets bey dir, und jeder deiner Kummer arbeitete auch in meiner Seele. Ich bin diese Burg durchgelaufen, um Anstalten zu unsrer Befreyung zu machen. Es hat geglücket, Mädchen! die Nacht darf nur kommen.

Walltr. Aber Siegfried! wenn Hainzens Bosheit der Nacht zuvoreilet! — — Wenn unser gefangene Vater — —

Siegfr. Weißt du das auch Mädchen! Ich wollte deinem Herzen schonen.

Walltr. Ich habe es aus dem Munde eines Reisigen, der den traurigen Zug in die Burg zurücke gesehen hatte. — — Und nun! kam Hainz selbst hieher, und Schadfreude schmunzelte aus seiner verruchten Miene, als er mir die Einkerkerung meines geliebtesten Vaters hinterbrachte.

Siegfr. Walltraud! Walltraud! dein weiblich Herz hält schwere Proben aus. Womit beschloß der Bösewicht diese traurige Bothschaft?

Walltr. Womit? — Kann ich dirs sagen, Jünge! — Gott! entsetzlich, grausam!

Siegfr. Sprich, Walltraud! sprich). Zerreisse mein Herz nicht mit Ahndungen, die schrecklicher, als das Schreckliche deiner Erzählung sind.

F   **Walltr.**

Walltr. In einer Stunde — erzittere geliebter Jüngling! — in einer Stunde ist unser Vater todt; — oder Walltraud Häinzens Geliebte!

Siegfr. Du tödtest mich. In einer Stunde! — In einer Stunde, und nun ists noch drey volle Stunden bis Nachtsanbruch! — — Ist Walltraud schon schlüssig geworden?

Walltr. Kann Walltraud das? — — Kann Walltraud einen von euch verlieren, und noch leben!

Siegfr. Die Wahl ist entsetzlich! — — und doch, wenns gewählet werden muß, — kann Walltraud die Mörderinn ihres und meines Vaters seyn?

Walltr. Kann Walltraud die Mörderinn ihres Geliebten, ihres einzig Geliebten seyn? — — Kann Walltraud an ihrem Siegfried zur Verrätherinn werden?

Siegfr. Siegfried muß dem Vater weichen. Die Natur hat hier ihre Vorrechte.

Walltr. Hat nicht getreue Liebe auch ihre gegründeten Rechte? — — Kann Walltraud ohne Siegfried leben?

Siegfr. Und Siegfried ohne Walltraud! (er schließt sie stark in seine Arme) — — Engel im Himmel! zerhauet den Knoten; oder er bleibt ewig unauflöslich.

Walltr. Unauflöslich, bey Gott! (sie weinet)

Siegfr. Setze dich Mädchen! Du möchtest der schmerzlichen Empfindung zu schwach werden, und unterliegen, ehe du ausgekämpft hast. Vielleicht ist noch ein Mittel übrig, der Sache günstigen Aufschub zu geben. — Schon dämmerts in meiner Seele. —

— Wisse:

— Wiſſe: hier habe ich die Schlüſſel in die Ge=
fängniſſe ſeit einer halben Stunde in meiner Ver=
wahrung: ich gehe, unſerm Vater Labung zu brin=
gen. Hainz hat Vertrauen in meine täuſchende
Miene geſetzet, und mir Gelegenheit gegeben, mit
dem würdigſten, liebſten Greiſe ungeſtörte Unterre=
dung zu pflegen.

Walltr. O könnt ich das auch! — Aber, ſo
werde ich ihn zwar ſprechen: doch nur in Gegenwart
des verhaßten Hainzens: das hat er mir eben erſt
gedrohet, der Gottloſe.

Siegfr. Nur in Gegenwart dieſes Verruchten?
— — Da iſts alſo höchſt nöthig, daß ich eurer
Unterredung zuvoreile.

Walltr. Und womit, beſter Junge?

Siegfr. Seine Geduld ſtillen, und das Auffah=
rende ſeiner offenen Seele zu dämpfen!

Walltr. Wird er den gottloſen Antrag des
Wüterichs gelaſſen anhören können?

Siegfr. Er muß, wenn er nicht alles verderben
will. Er ſoll ſich eine Bedenkſtunde ausbitten:
Hainzens ungerechter Forderung mit Gelindigkeit be=
gegnen: und der Vorwürfe ſchonen, welche Tugend
dem Laſter nicht immer ungerächet vorpredigen kann.
Er muß die Stunde abwarten können, Mädchen.

Walltr. Wenn ers aber nicht kann, Siegfried?
Du kenneſt den dahinreiſſenden Eifer ſeiner Seele!

Siegfr. Denn erbarme ſich Gott unſer allen.
Wir ſind alle verloren: und ehe Hilfe kömmt, iſt
das Blut aus unſern Rumpfen bereits verrauchet.

Walltr. Gerechter Gott! deinen Beyſtand!

F 2   Siegfr.

Siegfr. Beruhige dich, Walltraud! Er wirds
können, unser bester Vater; wirds können, wenn er
anders dich, wenn er auch mich liebt. Laß mich
nur machen. Auf meinen Knien will ich ihn bitten.
Er wird sich nicht weigern, um zwey Geliebten das
Leben zu erhalten, seiner rauhen Tugend auf einige
Stunden den Schleyer anzuwerfen, und den Gottlosen einige Augenblicke Hoffnung zu gönnen, die in
den Busen, worein sie genistet hat, kaum, als sie
warm geworden ist, zur tödtenden Viper werden soll.
Umarme mich, Mädchen! Es ist Stärkung an diesem Busen, und Labsal in deiner Umarmung! —
— Noch einmal, liebste Walltraud! — Vielleicht
unsre letzte, bey ängstlich klopfender Brust! — Bis
Abend pochen unsre Herzen freudiger zusammen.

Walltr. Wie qualvoll wird mir diese Zwischenzeit seyn! — — Bring diesen Kuß meinem Vater,
bis ich selbst komme, und mich so fest an ihn drücke,
als der Satan von Begleiter mir gestatten wird.
Gott gleite dich Jüngling!

Siegfr. Und stärke dich, du einzige meines Herzens! — — Bis Nachtsanbruch! — Bis zu unsrer freudigeren Umarmung!

Walltr. Bis dahin, Siegfried, bis dahin!

(Siegfried geht ab)

Drit-

Dritter Auftritt.

Walltraud (allein.)

Bis dahin? — — Wie legts sich hier — so
zentnerschwer auf meine Brust? — — Ists Ahn=
dung, oder Anfall von sehnender Langweile? — —
Bis dahin? Bis dahin? Hat dieses eine andere
Bedeutung, als die Dauer einer kurzen Zwischenzeit
von wenigen Stunden, bis man den Geliebten wie=
der sieht? — — Noch nie empfundene Schwer=
muth! — — Bis dahin? — — Ist es so hart,
einen tugendhaften Geliebten, von dessen Treue man
tausendmal überzeuget ist, erst nach einen Paar
Stunden wieder zu sehen? — Ihn, den ich mit
weniger Aengstlichkeit zehn Jahre unter gefährlichen
Fehden vermisset hatte? — — Gott! wie bangets,
wie klopfts hier?

(sie stützet sich)

Vierter Auftritt.

Ein Knecht tritt herein.

Knecht. Walltraud! mein Herr schicket mich,
dir zu sagen, daß er deiner am Gefängnißthore
warte, um dich zu den alten Gefangenen, du weißt
es schon, sagt er, hinabzubegleiten.

Walltr. Sag ihm, daß ich komme. (der Knecht
geht ab) Gott! die Stunde, die über Leben und

Tod

Tod entſcheiden ſoll, iſt angebrochen. Stärke mich, ſtärke meinen Vater!

(geht ab)

Fünfter Auftritt.

Die Abenddämmerung beginnt.

(Die Ausſicht vor der äuſſeren Fallbrücke. Zwey War= ten ſtehen zu beyden Seiten. Zu einer Seite Waldbäume; zur andern die Ausſicht an Gebirge.)

Zwey Skartleute. Beyde ein Horn von der Schulter tragend.

1ſter Skartmann. Brr! Brr! — Wie ſchnei= dend, und kalt pfeift heut der Abendwind über die Gauen herauf! Mich frierts bey meiner Seele, wie im hellen Wintermonate.

2ter Sk. Hu hu hu! So froſtig hatten wir noch keinen Herbſtabend. Kamerade! die Kälte ſchüttelt mir den Steis, daß er klappert; und bringt durch Harniſch und Unterwamms. — — Aber he! Kamerade! — — haſt du dort links am Hard hin, wo der dicke Schlehdornbuſch ſteht, kein Waffengeſtimmer bemerkt?

1ſter. Es hat mich gedeucht, ich ſehe was: — doch iſts gleich wieder verſchwunden.

2ter. Es hat einen glänzenden Helm mit einem weiſſen Reigerbuſche aus der Staude hervorgucken laſſen; war aber gleich wieder weg, als wenns Furcht hätte, ſich ſehen zu laſſen.

1ſter.

1ſter. Haſt du keine Hände, keine Füſſe be=
merket?

2ter. Nichts Kamerade! gar nichts, nur den
glänzenden Helm mit dem Reigerbuſch, der haſtig
wieder zurück wich.

1ſter. Hu hu hu! mich ſchauderts: — — da=
mit iſts nicht rechter Dinge, Bruder! du weißt,
dergleichen deutet nichts Gutes.

2ter. Meynſt du, 's ſoll von den Waldgeſpen=
ſtern ſeyn, die wir Nachts ſo im grauſigen Gejäge
durch Dorn und Buſch ſich verfolgen hören; oder die
das nahe gelegene Moos bewachen, und dem mit=
ternächtigen Wanderer aufhucken?

1ſter. Keines von beyden, Bruder! — Ein
glänzender Helm mit einem Reigerbuſch iſt ein böſes
Vorzeichen für Groſſe. Will dir ſo ein Beyſpiel ſa=
gen, Bruder! das ſich vor der Ermordung des Ul=
riken Thallakers in Franken zugetragen hat. Du
weißt, ich diente dem ſeligen Ritter als Reitbube
von meinem 13ten an; und war ſtets um ihn,
wenn er wider die Grumbäker zog. Er war ein
Ausbund Ritter, das weißt du; und wurde allent=
halben aufgeboten, als Bundsmann, wos Fehden
gab. Nun, daß ichs nur kurz mache, — da ſtand ich
am nemlichen Abend, gerade ſo, wie hier, kurz
nach Sonnenuntergang, juſt auch im Herbſtmonate
auſſer der Schloßwarte auf Wache, und trippelte
mit den Beinen, um mir warm zu machen: als ich
jählings nach dem jenſeitigen Gebirge ſehe, wo ei=
niges Dickicht einſam, und düſter ſtand. — Da er=
blicke ich dir, Bruder! wie im Traume ein geſchloſ=

ſenes

senes Helmvisir neben der Staube, wie sichs rüttel=
te, und schnell wieder zurück hinter der Staube war.
Dießmal etwas gesehen, — und weg wars. Aber
Schauder, Bruder! Schauder goß sich durch alle
meine Glieder, und ich merkte zu wohl, daß dieses
Schrecken nicht natürlich seyn konnte. Es war ein
Kobolt von jenen, welche Morde, und grosse Un=
fälle vorherkünden. Der Erfolg bestättigte es. Noch
in selber Nacht wurde mein Herr auf das gräulich=
ste ermordet. — — Sollte dieses Gespenst — — —

2ter. Auch eine Vorahndung von Hainzens Tod
seyn? sprich nur, Bruder! wir sind hier allein.

1ster. Errathen, Bruder! vom Tode des Herrn
dieser Felsenburg.

2ter. Stauzer that noch nie so kläglich, so
fürchterlich, als eben itzt.

1ster. Er führte heute nichts, als Tod, Hölle,
Mord, und Verderben im Munde.

2ter. Schrecklich! was würde aus uns werden!

1ster. Die Salzburger, und Münchner würden
risch da seyn, uns an Fußeisen schmieden, und auf
Karren nach ihren Amthäusern schleppen. Wir ste=
hen auf ein Haar im Register der Räuber, Mord=
brenner, und Todschläger.

2ter. Galgen, Schwert und Rad würden voll=
auf Arbeit bekommen: mich deuchts, ich höre schon
das Pfeifen des gezückten Schwertes, das Krakkrak
der durch das Rad zerstossenen Knochen, und das
Jolen des Galgenpsalms.

1ster.

1ster. Du hast eine feurige Einbildung, Kamerade! Laß uns bessere Zeiten denken. Hainz ist stark, und gesund, um uns alle zu überleben.

2ter. Aber der Helm mit dem Reigerbusch!

1ster. Vielleicht hast du unrecht gesehen in der Dämmerung? — oder deutet das Ding auf einen von den benachbarten Grafen. Laß uns das all aus dem Kopfe schlagen. — — Brr! ich verkrieche mich hier hinter die Warte.

2ter. Kamerade! — Kamerade! — — tritt näher. — — Siehst du nichts dort links herein: es geht auf uns zu. Es eilet; — — es ist ein Kürisser von München — — leibhaft bey meiner Seele! wollen wir's Lärmhorn blasen?

1ster. Nicht doch, Bruder! — — 's winkt: ist ein leibhafter Kürisser aus München, — — wird ein Uebergänger seyn. — — Er kömmt näher. — — Er blickt freundschaftlich.

2ter. (Rufet auf den Kürisser.) Wer bist du? — halt! — — wirf deinen Speer, und dein Schwert von dir; — oder du sollst keinen Schritt weiter setzen. (Beyde ziehen die Schwerter.)

1ster. (zum 2ten) Er hat den Speer, und das Schwert weggeworfen. — — Laß uns unsere Schwerter wieder in die Scheide stecken: (stecken die Schwerter in die Scheide.) — — (Zum Kürisser) Wer bist du, Fremdling? — was suchest du hier?

F 5

Sech=

Sechster Auftritt.

Kürisser von München. Vorige.

Küriss. Seid ruhig, Männer; ich komme als Freund zu euch.

2ter. So sprich, wenn du guter Dinge da bist. Was verlangest du, daß du in feindlicher Rüstung zu uns kömmst?

Küriss. Euch zu Freunden, gute Pursche! Es dauert mich eurer Tapferkeit, und daß ihr Kraft habt in euren Armen, und Riesenstärke in jeder Sehne.

2ter. Und daß wir das Schrecken der Gegend sind, rings her: nicht auch?

Küriss. Auch das, Kameraden! — Ihr seyd Mörder, Räuber, und Mordbrenner.

1ster. Das sagst du uns, Kerl, so ins Gesicht, und kömmst als Freund? Willst du unser spotten?

2ter. (ergreift ihn) Du bist in unsrer Gewalt, Kerl! — und sollst uns nicht entrinnen. Aber spotten sollst du unser nicht, und wenn du ein Abgesandter der Hölle selbst seyn solltest.

Küriss. Lasse mich: ihr handelt unrecht an mir, meine Lieben! — Ich komme nicht, euer zu spotten. Was ich sagte, das ist euch selbst kein Geheimniß mehr.

1ster. (zum zweyten leise) Er sagt recht: — Laß ihn weiter hören.

Küriss.

Küriff. Ihr wisset, daß, wenn ihr in die Hän=
de meiner Landesleute, und der Salzburger fallet;
davor euch noch stets eure Felsenburg gut gewe=
sen war, der schimpflichste Tod euer Lohn seyn
werde.

1ster. Aber doch eher nicht, Unglücksbote du,
als bis man uns an dem Hamen hat.

Küriff. Und das wird man, zweifelt nicht —
— und zwar noch diese Nacht.

2ter. Noch diese Nacht? — Du bist wahnsin=
nig, Kerl!

Küriff. Es ist kein Wahnsinn. — — Es ist
so gewiß, als ihr hier stehet, und Hainzens
letzte Augenblicke bewachet. — — Hainz ist ver=
rathen. Unter euch sind Mitverschworne wider
sein Leben; sie werden euch von hinten überfallen,
indessen ihr wider die Anfälle von aussen euch
stämmen werdet. Hainz wird durch seine Ein=
heimischen in unsre Hände geliefert; und diese
Einheimischen empfangen dafür Gnade, und
Freyheit.

1ter. Ist das wahr, Kriegsmann? — Oder
kamst du hieher, uns durch Lügen in Furcht zu
setzen?

Küriff. So wahr als Gott im Himmel, und
ich hier vor euren Augen!

2ter. (zum ersten) Sollen wir ihn nicht zu Hain=
zen führen, Kamerade, damit er die Verräther ent=
decke, und dem Unfalle noch in Zeiten vorgebeuget
werde?

1ster. Was hilfts? Ist ja schon Abend: und noch diese Nacht, spricht er.

Küriss. Unmöglich ist jede Vorsorge geworden. Hainz geräth diese Nacht so gewiß in unsre Hände, und seine Knechte in wenigen Tagen darauf an Galgen, und Rad, als gewiß ich diesen Augenblick mit euch rede: — — Sehet, dort im dunklen Dickicht gegen die linke Seite des Harzwaldes hinab sind unser fünfzig, und sechzig Salzburger Reiter versteckt: auf gegebenes Zeichen werden sie dicht über diese Strasse hereinbrechen; und, ehe man sichs versehen wird, die Felsenburg berennen. Eurer sind nur 72, und mit Verschwornen untermenget: sie werden also wenig Widerstand finden, und in Zeit einiger Augenblicke die Herren dieser Felsen seyn.

1ster. Was ist zu machen, bester Mann! Hast du ein Mittel, uns zu retten?

Küriss. Das einzige, das euch auf Gottes Erde noch retten kann! Ich kam auch bloß in dieser Absicht hieher. Die Gerechtigkeit biethet euch Gnade, und Freyheit an, wie den übrigen Mitverschwornen eurer Rotte, wenn ihr den nächtlichen Ueberfall begünstiget.

2ter. Das ist aber Hochverrath, Untreue an unserm Herrn, der uns so lange wider die verfolgende Gerechtigkeit schützte!

Küriss. Kann ein Mörder, ein Mordbrenner, ein Strassenräuber, der Feind seines Vaterlandes, und der Verräther seiner Gerechtsame, Treue und Ge-

hor=

horsam fodern? Oder habt ihr Lust, an seinem Schicksale Antheil zu nehmen?

1ter. Er ist der handfestesten einer, die ich kenne. Hat er Unrecht begangen, so wars Folge allgemeiner Verfeindung. Er war weit und breit das Schrecken der Herren, und Grafen. Und sollte er nun durch schändliche Verrätherey der Seinigen zum Spott seiner Feinde werden? Ist doch hart.

Küriff. Euer Mitleid kömmt zur Unzeit, und viel zu späte. Ihr werdet mit ihm fallen; aber ihn unmöglich mehr retten können. Wählet: man erwartet mich zurücke.

2ter. Aber das Zeichen, daß wir gewählet haben?

Küriff. Diesen Reigerbusch, wenn ihr mit Fackeln uns aus dem Hard heraneilen sehet, stecket auf eure Helme: das wird euch von Hainzens Knechten entzeichnen. Ists richtig? Seid ihr entschlossen?

Beyde. Vollkommen, Kamerade! Vollkommen.

Küriff. Ihr blaset also das Lärmhorn nicht, wenn ihr den Schwall heranbrengen sehet, sondern vereiniget euch mit uns zum Ueberfalle?

Beyde. Gut, richtig! Haben euch Dank, lieber Mann!

Küriff. — Noch eines. Wisset, daß der Junge, der heute Morgens in euers Herrn Dienste trat, das Haupt der Mitverschwornen ist?

1ster.

1ster. Dachtens faſt, weil er ſo unverfolget, und freywillig wider die Gewohnheit unſrer Kriegskandidaten daher gelaufen kam.

Küriſſ. Nun dieſem hinterbringe einer von euch, was hier vorgegangen iſt; und daß wir drauſſen nur ſeinen Wink erwarten.

2ter. Allerdings. Ich werde mich auf ein paar Augenblicke hier ablöſen laſſen.

Küriſſ. Alſo — bis zur Herankunft mit Fackeln! Lebet wohl!

Beyde. Auch ihr, Reitersmann!

(Küriſſer geht ab.)

1ster. Kamerade! Es war doch Ahndung! — — Der Helm mit den Reigerbuſch?

2ter. Die uns bald ſo nahe an den Galgen, und Rad gebracht hätte! Und itzt ſind wir Kerls frey, wie der Vogel in der Luft, und daß in wenigen Stunden — — und koſtet uns nichts, als einen Reigerbuſch auf den Kopf zu ſtecken, um mit der unehrlichen Rotte nicht maſſakrirt zu werden?

1ster. Das war groſſes Glück, Kamerade! mehr, als wir hoffen konnten. Doch laß uns die Warten beſteigen: — vielleicht, daß wir unſre Bundsbrüder, die Auflaurer im Dickicht entdecken.

2ter. Laß ſehen: ſie ſind unſre Erretter!

(Sie beſteigen die Warten.)

Sie-

Siebenter Auftritt.

(Ein düstres Felsenloch, worinn mehrere Armringe, und
Fußeisen an die Steinwände angeklammert zu se=
hen sind.)

Der alte Grabenecker im Gefängnisse.

Schon sinds 4 Stunden, daß ich hier in diesem
finsteren Loch sitze — und noch nichts von meinem
Siegfried — keinen Blick von meiner geliebten
Walltraud! — — Es war Mittag, dacht ich,
als ich hier eingebracht wurde. Nun kanns nicht
ferne mehr seyn, daß Hilfe diesen Jammerort er=
reicht: — oder die ganze Hölle muß los seyn, und
alle ihre Furien, und Schreckgespenster zu Hilfstrup=
pen für ihren verruchten Ritter, und seinem Troß
ausgespien haben! — — Meine Walltraud! mei=
ne Walltraud! Was für Qualen verursachest du nicht
deinem Vater! — —. — Wäre so sanft, so ru=
hig auf deinem Busen entschlummert; hätte mich so
himmlisch vergnügt aus den deinigen in die Umar=
mung deiner abgelebten Mutter hinübergeträumet; —
wenn die Hölle, und dein grausames Schicksal mich
nicht um die letzten seligen Augenblicke meines Lebens
beneidet hätte. — — — Mußte deine reizende
Gestalt gerade den verworfensten Bösewicht in wilde
Flammen setzen; — — mußte sein blutdürstiges
Aug aus deinen unschuldvollen Blicken geile Wollust,
und den Gift der Buhlschaft saugen? — — In=
dessen tugenthafte Jünglinge, die schönsten des

Männergeschlechtes nur mit Ehrfurcht, und in züch-
tiger Entfernung sich dir nähern dürften: nur dein
wackerer Siegfried deiner würdig war! — — —
— Walltraud, und Siegfried! — — Eurer
Liebe zum Opfer sitze ich hier, euer grauer, abgehärmter Vater, in Eisen angeschmiedet. — — Für
euch bracht ich Hainzen die Fehde, — — und
für euch kämpfe ich itzt den schmerzlichsten Kampf
meines Herzens, von euch getrennet zu seyn. 's
soll zwar von kurzer Dauer seyn, wenn Menschen-
vorhaben nicht täuscht: allein auch die kürze-
ste Dauer hat ihre Leiden für mein liebendes Herz:
habe meine alten Tage zu sehr im Genusse der unge-
störtesten Ruhe verzärtelt: habe zu lange nicht mehr
gelitten — nicht mehr gekämpfet; — als daß
nicht jeder kleine Schlag dreyfach meinen alten hin-
fälligen Körper erschüttern sollte. Wills aber aus-
harren — mit Himmelshilfe dulden ans Ende —
wenn nur meine Walltraud meiner würdig bleibt. —
— Gott! — dieser Gedanke!! — — Weg mit
dir aus meiner Seele! — — Du bist die schreck-
lichste aus den Eingebungen des Versuchers. — —
(Die Gefängnißthüre rasselt, und wird aufgeschlossen.)
Wer kömmt? — — Ein Satan, oder einer von
den wenigen Schutzgeistern dieser Felsen? — —
Gott! was sehe ich? — — Sehen diese alten
Augen gut? — — Mein Siegfried! — — Umarme mich Siegfried! — — Bist du schon da,
als Erreter, — oder nur noch als Tröster bis zur
Stunde meiner Auflösung? — —

(Siegfried tritt herein, einen Krug in der Hand.)

Ach-

Achter Auftritt.

Gravenecker. Siegfried.

Siegfr. (In den Armen des alten Graveneckers.) Nur noch als Tröster, liebster Vater! — — Bald, bald werde ich deine Fesseln dir abnehmen, als Erretter. Gedulde dich, bester Vater! nur diese kurze Zeit noch.

Graven. Ist dein alter Vater nicht schon ganz Geduld, geliebter Jüngling! — — Versüsset ihm nicht stets die Erwartung eurer künftigen ununterbrochenen Umarmungen jedes seiner Leiden, in die ihn nur Liebe gegen euch, grenzenlose Liebe gestürzet hat?

Siegfr. Könnte ich dir Vorwürfe machen, liebster Vater! das würde der einzige seyn, der meinen Lippen entfahren würde: Du hast durch deine übereilte Befehdung deine Walltraud, und mich in doppelte Verlegenheit gebracht. Hainz versteigert seine Forderungen mit deinem Leben.

Graven. Mache mir keine Vorwürfe, lieber Junge! — Konnte ich dich, konnte ich meine Walltraud nur einen Augenblick in den Händen dieses Ruchlosen wissen, ohne in eurer Abwesenheit tausendfach zu leiden! Ich versuchte es, oder euch noch vor Nachtsanbruch zu retten, oder wenigst das tröstende Bewußtseyn mir mit ins Grab zu nehmen, auch etwas für euch gethan zu haben. Ich nahm meines Nachbars Rüstung; und ein Zug feuriger Pursche aus der Gegend folgte mir jauchzend ins

rühm-

rühmliche Abentheuer. In meine alten Knochen
goß sich jugendliche Kraft, und in meinen schrum=
pfen Arm schien sich Männerstärke zu legen. Ich
war so glücklich, einen von Hainzens Knechten,
den ich in meiner raschen Hitze für Hainzen selbst
hielt, aus dem Sattel zu heben, und längst der Er=
de hinzustrecken. Damit war nun aber alle meine
Kraft dahin: Hainzens Knechte fochten wie Ver=
zweifelte; und meine Pursche wurden in die Flucht
geschlagen: ich fiel vom Pferde, und wurde, weil
ich meine Wehren verloren hatte, als Gefangener
hieher geschleppet. Hier empfinde ich nur noch halbe
Qual, seit dem ich euch so nahe bey mir weis.

Siegfr. Aber ihr hättet noch unglücklicher im
Treffen seyn; ihr hättet getödtet werden können?
und was würde denn aus mir, aus eurer armen
Walltraud geworden seyn?

Graven. Ich würde als ein seliger Geist euch
umschweben; unzertrennlich an eurer Seite stehen;
euch durch die Fährlichkeiten dieses Lebens mit un=
sichtbarem Beystand begleiten; ewig nicht mehr von
euch abgesondert seyn, nachdem ich auf Erde ei=
ne meiner schönsten, theuersten Pflichten erfüllet
hätte.

Siegfr. Dieser Gedanke, Vater! ist tröstlich
für die Zukunft, aber nicht für Wandelnde hienie=
den. Laß uns abbrechen hievon. Ich habe dich
itzt um körperlichen Beystand zu bitten, den du dei=
ner Walltraud nicht versagen kannst.

Gra=

Graven. Was kann ich, lieber Siegfried! —
— du erschreckest mich! ist Walltraud in Noth? —
wird ihr hart begegnet? — — und o Gott! ich
trage diese Fesseln — — bin hier angeschmiedet!
— — sprich: was ists?

Siegfr. Erschrick nicht, Vater! es ist nichts,
was du nicht auch in Fesseln, nicht hier im Kerker
vermitteln kannst.

Graven. Nun so laß mich hören.

Siegfr. Walltraud wird in wenigen Augenblicken bey dir seyn.

Graven. Meine Walltraud, meine Tochter!

Siegfr. Aber nicht sie allein! Der gottlose Hainz
wird ihr Begleiter seyn.

Graven. Gott! ein Teufel der Begleiter eines
Engels.

Siegfr. Walltraud hat die Zusage auf Hainzens
lasterhaftes Andringen in der schrecklichsten Klemme
hieher auf deine Einwilligung beschieden.

Graven. Gerechter Himmel! ihre Zusage! auf
meine Einwilligung! — wie konnte sie das?

Siegfr. Seye nicht vorlaut wider dein würdiges Kind! es ist Verstellung im Bescheide.

Graven. Welche aber dem Laster mit Hoffnung
schmeichelt! entsetzlich!

Siegfr. Sie war die einzige Ausflucht, die ihr
noch übrig war! der strengste Sittenrichter kann hier-
an keinen Fehler entdecken. Höre nur: Hainz drohte
ihr mit deinem Tode, wenn sie nicht auf der Stelle
ihr Jawort geben würde, die seinige zu werden.

Gra-

Graven. Und sie unterlag der Versuchung, einen grauen Schedel gegen das Kleinod der Tugend, und Treue einzutauschen?

Siegfr. Nicht doch! — dein Herz ist zu voreilig, dir argen Verdacht vorzuspiegeln! — — Walltraud wird nie eine Treulose an Treue und Tugend werden. Da es ihr unmöglich war, in Hainzens Antrag auf der Stelle einzuwilligen; aber auch andrer Seite ihr Herz die unmenschliche Bedrohung nicht an dir vollstrecket denken konnte: so mußte ihr ihr guter Schutzgeist eingegeben haben, die Heuchlerinn auf eine kurze Zeit zu spielen, und den Boshaften mit nie zu erfüllender Hoffnung aufzuziehen.

Graven. Und nun — da sie kommen werden, soll ihr alter Vater auch Heucheln, auch die Hoffnungen — dieser Bestie nähren helfen?

Siegfr. Um das bitte ich dich auf den Knien (er fällt ihm zu Füßen.) Walltraud vereiniget ihre Thränen mit meiner Bitte. Es koste nur eine kurze Verstellung, nur ein wenig Mäßigung deines gerechten Eifers, um dich, um deine Walltraud, um uns alle zu retten.

Graven. Kann ich das, Junge? — Kann Tugend des Lasters nur einen Augenblick schonen, um nicht an sich selbst meineidig, zur Verrätherinn zu werden?

Siegfr. Deine Tugend ist zu streng, zu ängstlich, Vater! selbst der Himmel kann meinen Vorschlag nicht mißbilligen. Wir verhunzen sein Werk, wenn wir ohne heilige List zu Werke gehen. Wir

sind

ſind die Werkzeuge ſeiner Nachgerichte; die Befreyer
unſers Vaterlandes von einem Ungeheuer, das ſchon
ſo lange deſſen Buſen blutig geheckt hat. Es iſt
nur Kriegsliſt, heilige Täuſchung, lieber Vater!
die man ſelbſt von Heiligen ohne Sünde wider Bos=
hafte angewandt ließt! nur verkünde Hainzen nicht
ohne Hoffnung, und entſcheidend, was er von
Walltraud zu hoffen hat. Es iſt um wenige Stun=
den zu thun, daß du ihn aufziehſt, und Walltraud
iſt ganz aus ſeinen Klauen, und Hainz auf ewig
betrogen. Er wird ſich mit deiner ungewiſſen Zu=
ſage auf eine kurze Zeit begnügen laſſen, und die
Stunde ruhig erwarten, in welcher man ſeine geilen
Knochen in Feſſel ſchlagen wird. — Auf den Knien,
mein Vater!

Graven. Nun, ſo ſtärke mich Gott, und ſeine
Heiligen! dieſe Ueberwindung wird koſten.

Siegfr. Nur dieſe einzige, dieſe kurze noch!
und denn Friede auf immer! du verſprichſt es doch
herzlich, liebſter Vater!

Graven. So wahr mir Gott beyſtehen ſoll! ich
will das erſtemal in meinem Leben Heucheley über
meine Lippen kommen laſſen, und Betrug in mei=
ne Miene. Es iſt der ſtärkſte Verſuch väterlicher
Liebe!

Siegfr. Und der Triumph deines tugendhaf=
ten Herzens! — — Laß mich dieſes liebvolle An=
geſicht — dieſe wohlthätigen Hände dir küſſen,
ehrwürdiger Greis! (Unterm Küſſen höret man auſſer
der Kerkerthüre jemanden herankommen: Siegfried fährt
plötzlich auf.) Doch ich höre jemanden kommen! —

— man

— man weiß hier noch nicht, daß ich dir so nahe angehöre: und es muß auch sorgfältig verschwiegen bleiben. Ich muß meine Thränen verwischen, um nicht entdecket zu werden. — — Vater! erinnere dich auf dein Versprechen! — — sie sinds, Vater! sie sinds! — — Walltraud und Hainz!

Graven. Gott! Trost, und Entsetzen zugleich!

Neunter Auftritt.

Walltraud und Hainz treten herein.

Walltr. (im Hereingehen) Wo ist er? Wo ist er? — — (Sie sieht ihn, und stürzet auf ihn hin) Mein Vater! mein Vater!

Graven. Meine Walltraud, mein Engel!

Hainz. (zu Siegfried) Du hast Labung gebracht diesem Alten, Junge! Entferne dich nun, und besuche die Gefangenen oben und unten. Doch sey kein Weib gegen das Winseln dieser Hunde, die ich nur mäste, bis ich Zeit habe, sie gemächlich abzuschlachten. Itzt geh.

Siegfr. (für sich) Jedes Wort ein Fluch, der auf dein Haupt zurückfällt, Ungeheuer!

(geht ab.)

Hainz. Nun! Habt ihr euch satt gekoset, satt gehalset? Ich dächte, es sollte nicht so viel an dem alten Gerippe da zu lecken geben, für ein junges, schönes Mädchen!

Walltr.

Walltr. (noch in den Armen ihres Vaters) Es ist mein Vater, Hainz!

Graven. Es ist meine Tochter! — Grausamer Mann! Giebt es da nicht genug zu herzen?

Hainz. Es mag gut seyn, Alter! Aber Liebhabern muß man doch auch ihren Theil lassen. — Ich bin wichtiger Geschäfte wegen hier; es gilt dein Jawort, Alter!

Walltr. Vater! vergieb: ich habe mich auf dich berufen.

Hainz. Du sollst aber erst wissen, was für Bedingnisse unsrer Unterredung zum Grunde liegen. Du bist, oder unfehlbar, so war du in meiner Gewalt bist, ein Opfer meiner Rache, und in Hänkers Händen: oder Walltraud ist die meinige mit deiner Einstimmung. Hier ist keine Wahl zwischen Ja, und Nein. Beharrest du hartnäckicht auf deinem thörichten Entschlusse, mir die Hand deiner Tochter nicht freywillig zu überlassen: so bist du, in wenigen Stunden eine Leiche, und Walltraud ist darum nicht gerettet. Sprich itzt, Alter, wozu hast du dich entschlossen?

Walltr. Bedenke, liebster Vater! aus deinen Lippen geht Tod, oder Leben hervor. (zu Hainzen) Er bedenket sich, Hainz! — Gedulde dich; er wird sich entschliessen.

Graven. (für sich) Heiliger Gott! welch ein Kampf!

Hainz. Was giebts hier noch zu bedenken? Ja oder nein: Tod oder Leben!

Walltr.

Walltr. Vater! Vater! du wirst wissen — —

Graven. Nun doch: — (für sich) Gott! rechne mir das nicht zur Sünde! — — (zu Hainzen) Ich will mich bedenken, Hainz! — Bedenken will ich mich!

Hainz. Bedenken? noch bedenken, Wahnsinniger! Gab ich dir nicht schon seit mehreren Stunden Bedenkzeit? — — Es ist nun nichts mehr zu bedenken.

Walltr. Gott! Gott!

Graven. (zu Walltraud) Hier findet keine Täuschung mehr Platz!

Hainz. Diesen Augenblick noch, Ja, oder Nein: ich will meiner Sache gewiß seyn. Täuschen sollst du mich nicht, Alter! oder mit eitler Hoffnung am Narrenseil führen. Eine entscheidende Antwort, oder — —

Walltr. (für sich) Das spricht die Hölle aus ihm: Gott, deinen Beystand!

Graven. Willst du also nicht verziehen, gar keinen Aufschub geben? Fordert dein Begehren so viel Hastigkeit, und dein Gesuch so wenig Versäumniß?

Hainz. Nicht einen Augenblick mehr! — nicht den zweyten noch, den ich hier vor dir stehen werde!

Graven. So wisse also — — —

Walltr. Gott! Vater!

Graven. Sie soll dir ewig nicht werden, Verfluchter! — — Mein Leben ist mir für ihre Tugend

gend nicht feil. Ich sterbe als ein Heiliger durch
das Schwert eines Satans.

Walltr. Ich vergehe!

Hainz. Ist das dein letzter Wille, dein letzter
Fluch über dich, und deine Tochter?

Graven. Mein letzter, und einziger Wille! —
Aber wisse zugleich; deine Gewalt wird Walltraud
tödten, aber dir nicht gewinnen können. Dieser
Fluch treffe dein Haupt, Ungeheuer!

Hainz. Sollst bald zu fluchen aufhören, Wurm!
(schreit zum Gefängnisse heraus) Knechte! Knechte!

(Walltraud liegt ganz in Betäubung.)

Graven. (indem er auf Walltraud hinüber sieht)
Hilf Himmel, meine Tochter!

Zehnter Auftritt.

Die Knechte kommen herein.

Hainz. (zu den Knechten) Schleppet diesen Alten
auf die Henkersstube in den Schloßhof. Ich über-
gebe ihn dem Schinder, und seinen Helfern. Diesen Abend noch, muß er abgewürget, geköpfet,
gespießet, erdrosselt, oder erstickt seyn. Vollziehet
meine Befehle. Euer Leben steht mir Bürge für seinen Tod.

(Die Knechte packen den alten Greis an, und schliessen den Armring, an den er geschmiedet war,
auf.)

G 5   Walltr.

Walltr. (erwachet aus ihrer Betäubung über das Getöse der Knechte, die ihren Vater fortschleppen) Vater! Vater! ich folge dir.

Graveneck. (sieht sich um) Bleib Tochter, bleib, wenn du mich liebst. Der Himmel sey dein Beschützer.

Walltr. Nicht doch, liebster Vater! Ich will, ich muß dir folgen, mit dir sterben!

(fällt ihm an den Hals)

Hainz. Das sollst du nicht, Wahnsinnige! Das sollst du nicht: Hier in diesem Loch soll in Zukunft deine Wohnung seyn: hier soll Gewalt, und Zwang deiner thörichten Tugend spotten, und den Triumph im erzwungenen Genuße diese kahlen Wände erschüttern. Bis Nachtsanbruch komme ich wieder — Ihr Knechte! vollziehet meine Befehle.

(geht zornig ab).

Walltr. Eilet nicht so sehr, (zu den Knechten) ihr Männer des unerbittlichen Gerichtes! Auf den Knien bitte ich euch: — Eilet nicht so sehr mit seinem Tode: — wenn ihr auch alt werden wollet, wenn ihr Väter seyd, und eine liebende Tochter habt! Eilet nicht so sehr, einen der ehrwürdigsten Greise zu ermorden! — —

Einer aus den Knechten. Da hilft kein Bitten, Mädchen! Hainz hält streng auf seine Befehle. Wir sind des Todes, wenn wir länger verziehen. — Greift zu, Kameraden! — — weiche zurück, Mädchen! zurück! — —

Walltr.

Walltr. O ſchleppet mich fort mit ihm; wenn ihr Mitleid, wenn euer Herz Erbarmen kennet. Tödtet mich mit ihm. Vater! in deinen Armen —

Graveneck. Beruhige dich, mein Kind! und bleib! (leiſe zu ihr) ſollte aber die Hölle ſiegen — nimm dieſes Tochter, (er drückt ihr einen Dolch in die Hand) wenn du meiner würdig ſeyn willſt. (Walltraud, da ſie den Dolch empfängt, fällt zurück in Ohnmacht) Gott! ſie fällt in Ohnmacht: heilige Engel! ſtehet ihr bey. — — — Dieſen Kuß noch — — lebe wohl!

Ein Knecht. Fort, Alter, fort! es iſt hier nichts mehr zu machen.

(ſchleppen ihn fort)

Walltr. (allein. Kommt nach einer Pauſe von ihrer Betäubung zurück) Schon fort — fort zum Tode! — — — Schrecklich! — — — und dieſer Dolch hier! — — Entſetzliches Geſchenk! — — Will dich brauchen, fürchterliches Vermächtniß meines ſterbenden Vaters! — In meine Bruſt dich ſtecken — und ihm hinab in die ewigen Nächte des Todes folgen! — — — Siegfried! Siegfried! — Auch die letzte Hoffnung dahin! — — Keine, gar keine Rettung mehr übrig! — — Gott! — mein Vater ſtirbt! (ſinkt ohnmächtig nieder)

Elf.

Elfter Auftritt.

(Ein entlegener Hain an der Felsenburg.)

Siegfried. Stauzer. Kunz. Neidhart.

Siegfr. Die Sonne ist schon über die Gebirge hinabgesunken, und ihre letzte Strahlen ersterben bereits an den Wipfeln der Tarnen. Die Stunde der Erlösung nahet; und der Himmel rufet uns zur Vollstreckung seiner Rachgerichte. Stauzer! empfang diesen Reigerbusch als das Zeichen der Verschwörung wider Hainzen und seine Knechte. Wenn Lärm an die innere Fallbrücke kömmt, stecke ihn auf deinen Helm, und vollziehe dein Geschäft.

Stauz. Das will ich pünktlich, junger Mann! — — — Doch eines noch! — — — Hüte dich, Hainzen im Getümmel zu tödten. Sorge, daß du ihn lebendig in die Falle kriegst. Er kann dir manchen Aufschluß in gewisse Geheimnisse machen. — Tödte ihn nicht, das sage ich dir.

Siegfr. Das will ich nicht: keiner soll das — Er soll den Tod der Missethäter, der Verräther des Vaterlandes sterben. Ein tödtender Schwertstreich von der Faust eines Kriegsmannes würde ihn nur ehren. Dort soll er sterben, wo sich der Rab seinen Fraß holet, und die Raubvögel des Himmels an faulen Aesern sich mästen.

Stauz. Das wird sich geben. Nur beflecke deine Hände mit seinem Blute nicht.

Siegfr. Diese Ehre soll ihm nicht widerfahren, guter Greis! das schwöre ich dir. — — — Geh

itzt,

ißt, ehe sich Hainz auf die Felsenburg sperrt! ——
In einer Stunde hat der Abend verdämmert.

Stanz. Ich gehe. —— Doch, was ich ge=
sagt habe!   (geht ab)

Siegfr. Sey unbesorgt, lieber Alter. (zu Neid=
hard, und Kunz) Ihr andern: vertheilet euch im
Burghofe, und merket auf das Zeichen von der War=
te. In dem Augenblick, daß ihr dort oben eine
brennende Fackel erblicket, umgürtet eure Lenden,
ergreifet eure Lanzen, und eilet, die beyden Wachen
inner der Fallbrücke zu tödten. Lasset die Brücke
ab, und kommet zurück in die Mitte des Burghofes,
um durch Lärmblasen Unordnung unter Hainzens
Troß zu bringen. Ihr habt doch Muth, und Ent=
schlossenheit, so viels Noth thut.

Kunz. Wir streiten für unsre Freyheit!

Neidh. Es gilt Leben und Freyheit!

Siegfr. Unser Unternehmen ist heilig, und un=
sre Hände führen die Werkzeuge höherer Rache.

Kunz. Wir gehen, Kamerade! schon heult der
Gebirgwind.

Neidh. Aber noch eben fällt mir eines bey, Rit=
ter! —— Draußen vor der Fallbrücke bey den
äussern Warten stehen ja auch Wachen? Es ist
Hainzens Feldwache. —— Die werden das Lärm=
horn blasen, und die Knechte zu den Waffen rufen,
ehe wir noch Hand angelegt haben. Da wirds ko=
sten an der Fallbrücke!

Siegfr. Wirklich, Neidharb! Daran dacht ich
nicht! — Dagegen muß Rath geschaffet werden. ——

Doch

Doch sehet — — Dort kömmt einer von Hainzens Knechten hastig auf uns her. — —

Kunz. Es ist einer von unsern Skartleuten, die in dieser Nacht die Aussenwache haben.

Siegfr. Verstellet euch. — — (zu dem herkommenden Knechte) — Was willst du, daß du so eilig kömmst, Kamerade?

Der Angekommene. (leise zu Siegfried) — Ein Wort dir ins Ohr, Ritter! — — Ich bin ein Mitverschworner!

Siegfr. Mit wem? und wozu?

Der Angek. Bist du nicht der junge Ritter, der heute erst in unsre Dienste tratt?

Siegfr. Das bin ich. Was soll das?

Der Angek. Nun so bin ich schon am Rechten.

— — Ich bin ein Mitverschworner, sagte ich — mit dir, den Salzburgern und Münchnern draussen, und mit denen, die sich mit dir zum Ueberfalle in dieser Burg vereiniget haben.

Siegfr. Du befremdest mich! Wie kamst du hinter dieses Geheimniß? Bist du ein Verräther, oder auf Ehre und Leben das, wofür du dich ausgiebst?

Der Angek. Auf Ehre und Leben! — Ich und mein Kamerade stehen auf Wache draussen bey den Warten an der äusseren Fallbrücke. Ein Münchner Kürisser hat uns angeworben, und daß du siehst, daß ich die Wahrheit rede — — — Kennest du diesen Reigerbusch?

Siegfr.

Siegfr. Laß dich umarmen, braver Mann! —
(laut zu den übrigen) Hier sehet, Kameraden! einen
aus uns! — Unser Besorgniß ist glücklich ver=
schwunden. Er ist von der äusseren Wache einer.

Neidh. Wirklich? Willkommen, Bruder!

Kunz. Tausendmal, Herzensbruder!

Der Angek. Mein Kamerade läßt dich, und
die Gleichgesinnten alle grüssen; und im Namen der
Rotte, die draussen im Dickicht lauert, euch mel=
den, daß sie das Zeichen zum Ueberfall erwarten.

Siegfr. Ganz gut! Längst in einer Stunde
wirds Ernst. Melde deinem Kamerade, und denen
die draussen sind, daß alles bereits in Ordnung ist.
Sie werden mehr der Stricke zum Fangen und Bin=
den, als der Schwerter zum Einhauen bedürfen.
Geh itzt, daß man uns nicht entdecke. Wir wollen
uns vertheilen. Längst in einer Stunde!

Alle. Richtig.

(gehen ab auf verschiedenen Seiten)

Zwölfter Auftritt.

(Felsenstücke)

Hainz (allein.)

So kann ich nur über Mord und Leichen zu den
Wünschen meines Herzens gelangen? — — Muß
jede meiner Freuden mit Blut erkaufet, jeder Genuß
mit Zwang errungen werden? — Grausames
Schicksal! — Seit den Jahren meinen ersten Em=
pfin=

pfindung ist Raub mein Antheil, und erzwungener
Halbgenuß das Loos meiner Errungenschaften! —
Bin aber ich Schuld, daß man mich morden heißt?
— Oder liegts an mir, daß ich nur rauben muß?
Hat nicht mein schwarzes Schicksal Feindschaft zwischen mir, und den Menschen gestiftet, von Anbe-
ginn? — — Sind nicht diese widerspenstigen Menschen selbst die Entzünder der Flamme, die über sie
losbricht? — Warum versaget man nur mir allein
die Rechte der Menschheit, und ist störisch gegen
das Schmeicheln meiner Lippen, die sich zu Kosun-
gen herablassen? Warum vergället man nur mir die
Freuden der Menschengesellschaft? — — Ey: sie
sollen bluten, sterben, vernichtet werden, diese Menschen, die mich so mit Gewalt aus der Menschen-
zahl hinaus vertilgen wollen? Soll nie Mitleid in
mein Herz kommen, und kein Erbarmen über diese
Menschen — mit ihrer Spinnenfeindschaft, und
ihrem Fluch im Munde! — Will sie ins Koth treten, und mit zertretenen Knochen noch ihrer spotten im Koth! — — Will sie zu Staube treten,
und in die Luft streuen, diese Feinde meiner Gesellschaft, daß auch der jüngste Tag mit Mühe sie
sammeln soll! — — Es ist Wollust in dieser Rache, und Entzücken in dieser Vernichtung! — —

Drey

Dreyzehnter Auftritt.

Hainz. Eve tritt ganz langsam herein.

Hainz. — — Was willst du hier, alter Taugenichts?

Eve. (Erschrocken) Du blickest fürchterlich, Herr! — Ich zittre, näher zu kommen.

Hainz. Sprich, warum du hier bist. Es tobet Unruhe in meinem Herzen, und Wuth glüet in meinen Adern. Säume nicht, Weib!

Eve. Auf meinen Knien, Herr! hab Erbarmen mit meinem Alter!

Hainz. Was willst du? Bist du närrisch geworden?

Eve. Zürne nicht, Herr! Nicht ist Wahnwitz in meiner Bitte. Ich bitte für Walltrauds Vater, um Erbarmen, um Gnade.

Hainz. Für Walltrauds Vater? — — Daß dich nicht meine ganze Rache trifft, unverschämtes Weib! Kann ich diesen Vergifter meiner Tage, diesen Feind meiner Lebensstunden, diesen Verschwornen wider meine Ruhe noch länger mit seiner trozenden Miene vor mir sehen, ohne selbst Tod aus seinen Blicken in mich zu saugen? Hat er mir nicht freywillig die Fehde gebracht, nicht den tapfersten meiner Knechte ermordet, nicht mir selbsten nach dem Leben gestrebet? Hat er nicht sein Mädchen wider mich aufgehezet, mir zur unversöhnlichen Feindinn gemacht, nach welcher er mich seufzen, mich girren, mich schmachten sah?

H

Eve.

Eve. Er ist Vater einer Entführten, deren Herz bereits einem andern angehörte.

Hainz. Dem es der glücklichere Hainz wieder abgenommen hatte! Das ist ritterliches Recht.

Eve. Der Himmel wird richten über dieses Recht: es ist Raub, Empörung wider die Menschheit.

Hainz. Bist du eine von den Verschwornen wider mein Leben, altes Gerippe? . . . . Ich habe Lust, dir die morschen Knochen entzwey zu treten. Packe dich ——

(Er stößt sie von sich, die noch auf den Knien vor ihm lag.)

Eve. So verstößt mich Hainz, dem ich einst alles war! —— —— Dieser Herzstoß fehlte noch!
(Weinet.)

Hainz. Wimmern willst du, deine ausgefressenen Augen vor mir noch vollends aus dem Kopf dir weinen, alte Mähre? —— —— Hainz kennet diese weiblichen Ränke; und hat itzt eben nicht Laune, auf die Beredsamkeit einer flammenden Vettel zu horchen. (Er nimmt sie beym Arme.) Nimm deine hölzenen Füsse zu dir, und galoppire mit vieren —— hinab in deine Reiche! —— —— Dort kaunst du dem alten Sterbenden den Todespsalm heulen, und um glückliche Nachfahrt beten.

Eve. Unmensch! —— —— Und um Rache über dein Haupt!

Hainz. Was du willst, Alte! Nur packe dich itzt.
(Sie geht heulend ab.)

Vier=

Vierzehnter Auftritt.

Hainz (allein)

Auch diese ausgedörrten Knochen haben sie wider mich aufgeschworen! — — Sie sollen aber nichts ausrichten wider dieses Felsenherz, das keine Bitte erweichen soll! — — Der Starrkopf soll seinen Frevel mit dem Leben büssen, so wahr ich Herr über eine Rotte von Mördern bin! — — Es beginnt Nacht zu werden. Ich will die Burg verschliessen, daß keine Fürbitte mehr meine Ohren erreichen kann. Indessen sie den Vater tödten werden, — triumphirt Hainz über den Stolz der verwaisten Tochter. Angenehme Rache!

Ende des vierten Aufzugs.

H 2　**Fünf-**

Fünfter Aufzug.

Erster Auftritt.

Nachtsanbruch.

(Burghof, wie zu Anfange des ersten Aufzuges.)

Siegfried

(mit einer unangebrannten Fackel in der Hand.)

Schon sinkt nächtliches Dunkel auf diesen Fluchort nieder! — — Ha! die Augenblicke des grossen Beginnen brechen heran; und der Entwurf, sie, ihn, und uns alle zu retten, gedeihet zur Reife. Meine Brust dehnet sich mächtig, und Ahndung nach grossen Thaten schwellet mein Herz. Siegfried! Siegfried! deine Bestimmung ist groß, und erhaben dein Beruf. Der Himmel gießt Kraft und Nachdruck in deine Sennen, und jeder Nerv ist Werkzeug seiner Gerichte. Du unternimmst Rache für Tugend, Vaterland, Walltraud, deinen, und Walltrauds Vater! — — Säume nicht, wohlthätige Nacht! diese Felsen vollends in deinen Schleyer zu hüllen: mich verlangts so sehnlich nach Ausführung! — — Oh! in wenigen Augenblicken werde

ich)

ich sie — die angebetete meiner Seele, in meine
Arme schliessen. — — Ihr Herz wird vor Freude
an meiner Brust pochen, worinn ehevor nur ängst=
liches Bekümmerniß klopfte. In wenigen Augen=
blicken Siegfried auf ewig in den Besitz seiner Wall=
traud wieder eingesetzt! — Unzertrennlich mit ihr
verbunden, und so nahe, als Sterbliche können,
an sie angeschlossen! Entzückender Vorschmack mei=
ner Seele! — — Doch es wird dunkler, immer
dunkler! — — (Rufet ganz leise) Kameraden!
Kameraden!

Zweyter Auftritt.

Siegfried. Neidhard und Kunz schleichen heran.

Neidh. Was verlangst du, Ritter?

Siegfr. Der grosse Augenblick ist nahe! geht an
euer Geschäft.

Kunz. Ganz gut! wie du befiehlst, Ritter.
                                    (Will abgehen.)

Neidh. Aber he Ritter! — — Ich habe dort
von der Barake einen Trupp unserer Knechte sich
heraudrängen gesehen: sie scheinen einen Menschen
in Banden zur Richtstätte in den äusseren Hain da=
hin zu schleppen.

Siegfr. Einen Menschen zur Richtstätte sagst
du? — — Gott! wenn ers wäre!

Kunz. Sieh: dort kommen sie eben herein.

H 3   Siegfr.

Siegfr. Eile, Freund! ihnen entgegen; Forsche genau, was die Ursache, wer das unglückliche Opfer ihres traurigen Zuges ist?

Kunz. Verbirg dich. Das will ich ungesäumt. (Geht ihnen entgegen.) —— (Zu den Knechten, die den traurigen Zug begleiten.) Wohin, Brüder? Habt ihr Henkersgeschäfte?

Dritter Auftritt.

Der alte Gravenecker, der von der Rotte mit gebundenen Händen zur Richtstätte dahin geschleppet wird. **Vorige.**

Einer von den Knechten. Wir bringen den alten Gefangen, der heute einen unserer Mitknechte niedergeworfen, und ermordet hat, an die Richtstätte. Hainz hat uns befohlen, ihm den Garaus zu machen. Hast du nicht Lust, uns hinaus in den Hain zu folgen?

Kunz. Ziehet nur langsam den Weg dahin: nach einigen Augenblicken will ich euch folgen.

Der alte Gravenecker. Siegfried! Siegfried! Wo bist du? Dein Vater stirbt.

Siegfr. (versteckt) Gott! mein Vater! —— Er hat mich gerufen! (will fort.)

Neidh. (hält ihn zurück.) Bleib! bleib! Verrathe dich nicht.

Graven. Walltraud! Siegfried! Lebet wohl!

Siegfr.

Siegfr. (hinter der Szene.) Gott! ich kann nicht mehr! (will fort.)

Neidh. Um des Himmels Willen! Bleib, ich bitte dich: du verbirbst alles. (hält ihn.)

Graven. Eilet nicht so mit meinem Tode, Diener des unerbittlichen Richters! Eilet nicht so! (sie halten mit ihm stille.) Nur diese Bitte noch! — — Wisset, ich lasse meine Tochter, mein allerliebstes Kind in diesem Felsen zurück, und einen geliebten Pflegesohn, den ihr nicht kennet. Bringet ihnen, ich bitte euch, dieses letzte Lebewohl. Ihr alter Vater stirbt für sie beyde; wird beten für sie, daß sie freudig und glücklich zusammen leben. — — Nur diese Bitte noch, ihr Knechte, lasset keine Fehlbitte — eines sterbenden Vaters seyn! — Itzt lasset uns hinziehen, an den Ort, wo ihr mich würgen sollet! — — Ich sterbe getrost. — — Walltraud! Siegfried! lebet wohl — ewig wohl!

(wird fortgeschleppet.)

Siegfr. (hinter der Szene) Gott! Gott! sie schleppen ihn fort!

Kunz. (kömmt zurücke.) Er ists, er ists, lieber Ritter! Sie schleppen ihn nach der Richtstätte.

Siegfr. Entsetzlich nach der Richtstätte! Ist sie weit von hier?

Kunz. Eine hundert Schritte. Wenn wir mit unserm Unternehmen gleich zu Werke gehen —

Siegfr. So erretten wir ihn? — — Geschwind also, geschwind, ohne Verzug!

(Neid=

(Neidhard und Kunz eilen fort, um ihre Rüstung aus
der Gegenseite zu holen.)

Siegfr. (zündet eine Fackel an einer Lampe hin=
ter der Warte an.) Himmel! Segen herab auf mein
Beginnen!

(Er läuft mit der brennenden Fackel in die
Warte hinein.)

Neidhard und Kunz eilen mit geschlossenen Visiren,
ganzer Rüstung, und entblößten Schwertern die
Warte vorbey hinter die Szene. Lärmhörner hän=
gen von ihren Schultern.

(Im Vorübergehen.) Für Leben und Freyheit!

Siegfr. (hält die brennende Fackel oben über die
Warte heraus, als das verabredete Zeichen, und schwingt
sie zu 3malen.) Der jüngste Tag über diesen Fluchort!
(steigt herab.)

(Man höret inner der Szene das Geröchel der zwey
erstochenen Wächter; und hierauf die Fallbrü=
cke niederstürzen.)

Neidhard und **Kunz,** (die Reigerbüsche auf den
Helmen, und mit blutigen Schwertern, eilen
herein von der Szene.)

Neidh. Unser Auftrag ist vollendet. Glücklich!
Kunz. Sie kommen schon, Bruder! hörst du?

(Es wird Lärm und Tumult von außen herein.)

Siegfr. (Von der Warte herab, zu den beyden.)
Vollendet!— — Machet itzt Lärm, daß sie sich
verlaufen in ängstlicher Verwirrung: und wenn die
von außen da sind, so eilet mit einigen aus ihnen,
so viel nöthig sind, nach dem Haine, meinen Va=
ter

ter zu retten.   Ich eile, sie hereinzuführen. — Bey
Gott! versäumet meinen Vater nicht.

(Geht mit der Fackel, und mit gezogenem Schwerte ab, den Hereinstürmenden entgegen.)

Neidhard und Kunz blasen das Lärmhorn.

Auflauf. Hainzens Knechte stürzen unbewaffnet aus
den Baracken hin und her.   Es wird verwirrtes
Geschrey:

Zu den Waffen! Feinde! auf, auf!

Siegfr. (führet die Salzburger und Münchner mit
gezogenen Schwertern herein.)   Folget mir Freunde!
— — Ihr anderen nach dem Haine!

Geschieht die Abtheilung. Lärm von allen Seiten.
Die innere Fallbrücke vor der Felsenburg fällt ab.
Siegfried mit den Seinigen hinein.

Vierter Auftritt.

Walltraud im Kerker.

(Mit zerrauften Haaren, vor ihr liegt der Dolch.)

Auch er kömmt nicht — auch mein Siegfried
nicht, für den allein ich noch dieses verhaßte Leben
friste? — — Gott! mein Vater! — — Sie
haben ihn getödtet; getödtet haben sie ihn, den besten Greis! — — Und Siegfried hat ihn nicht
retten können! — — Er kam, seine Walltraud
zu befreyen, und starb durch Mörder, in derer Gewalt er mich lassen mußte! — Er starb! — —
Thränen haben zu fliessen aufgehöret, seit dem mein

H 5   Herz

Herz zu bluten angefangen hat. Es wird verbluten, heiliger Schatten meines ermordeten Vaters! es wird verbluten, dieses Herz, das von nichts, als der Liebe gegen dich, und Siegfried seine Lebensschläge hatte, und nun sein Triebwerk verloren hat! — — Er getödtet! und Siegfried! Wo wird er hingerathen seyn, da er nicht helfen konnte? — — Und nun ich, ein schwaches Mädchen in den Händen des Wilden! — — Nimm das, wenns Noth thut! — — Sprach er das nicht, als er zum Tode dahin geschleppet wurde? — Nimm das, wenn du meiner würdig seyn willst! — — Dank dir, Vater! Dank dir! — — Will ganz deiner würdig bleiben. — — 's soll nicht schmerzen, wenns Noth thut! — — Wills mit Starkmuth an meine Brust setzen, um des Gottlosen nicht zu werden. — (Sie küsset den Dolch.) Sey mir willkommen, Schlüssel zur besseren Welt; wo ein liebender Vater, vielleicht auch Siegfried schon ihrer Walltraud warten! Du hast nichts so schreckliches an dir, als die Umarmungen eines Boshaften, als Treulosigkeit an Ehre und Tugend ist. — —

(Es wird Gepolter von einem, der an die Kerkerthüre herangelaufen kömmt.)

Gott! was für Gelärm! — — Sollte Siegfried Herr dieser Felsen geworden seyn? — — Doch das ist Gepolder von einem, der haftig hereneilet! Siegfried hat eine Rotte bey sich, wenn er zur Rettung kömmt. — — Sollte das Hainz seyn? gerechter Himmel! welche plötzliche Angst! Hainz der Mörder meines Vaters? — — Entsetzen ergreift mich!

mich)! (Ergreift den Dolch.) Hainz! Hainz! — —
Er selbst! er ists! — — Stärke mich Gott der
Unschuldigen, und erbarme dich — meiner.

(Ersticht sich, und fällt um.)

Fünfter Auftritt.

Walltraud. Hainz.

(Hainz rennet im Nachtkleide durch die Kerkerthüre herein, und auf Walltraud zu.)

Hainz. (Indem er sieht, das sie sich ersticht.)
Wahnsinniges Mädchen! was thust du? Sieh, ich
bin hier dich zu retten. Feinde haben diese Felsen
bestürmet; wir sind verrathen! ich komme, dich
durch einen verdeckten Weg in Sicherheit zu bringen.
Walltraud! Walltraud!

Walltr. (mit sterbender Stimme) Laß mich, laß
mich sterben — Gräuel der Menschen! — —
Siegfried! — mein Vater! —

Hainz. Sie stirbt! (sieht den Dolch) Wer Satan gab ihr diesen Dolch, und machte mich zum
Mörder an diesem geliebten Mädchen? — — Verzweiflung und Tod! — — (man höret Lärm. Hainz
stürzet rasend hin und her.) Sie kommen! kommen
näher! Kann nicht mehr entfliehen! — Die Hölle
ist über mich losgelassen, und die Teufel kommen,
mich zu zerreissen! Sie sollens, sollens! — Wo
will ich hin, wo hinaus mich flüchten? Nirgends!
Nirgends! — — Will den Kopf an diesen Wänden

ben mir zerschmettern! — — Doch, kann nicht
selbst dieser Dolch — —

(Läuft auf den Dolch zu, um sich damit zu durchboren, indessen stürzet Siegfried mit den seinigen herein, worauf er zurückfährt.)

Sechster Auftritt.

Siegfried. Vorige.

Siegfr. (im Hereinlaufen) Hieher hat er sich geflüchtet! — — Bindet ihn! (Er erblicket die Wallraud.) Gott! meine Wallraud! meine Wallraud! — — Wie? Todt! ermordet! — Durch diesen Teufel hier! — und hier der Dolch! — — (Springt rasend auf, und läuft mit dem Dolche auf Hainzen zu.) Sollst Rache haben! (Durchbohret ihn.) Stirb, Satan! Mörder dieses Engels!

Hainz. (Greift ebenfalls nach dem Dolche, und drückt sich ihn tiefer.) So! So recht! — — Ah! Ah! gut getroffen!

(Stürzet zusammen, und röchelt.)

Siegfr. (Stößt mit Füssen nach ihm.) O! daß ich nur einen Tod habe, sie zu rächen an dir, Verfluchter!

Sie

Siebenter Auftritt.

Stauzer. Vorige.

Stauz. (Eilet herein, indem er Hainzens Ermor=
dung siebt.) Gott! was unternimmst du, Siegfried!
— Du tödtest deinen Vater!

Siegfr. (Wild.) Meinen Vater! Vater, sagst
du?

Stauz. Ja, deinen Vater! — — Habe ich
dich nicht gebeten?

Siegfr. Er mein Vater? — — Und dieser
Vater mordete meine Walltraud? — — Nein!
(Er läuft auf Walltraud hin.) — Nein! nicht Va=
ter! — ein Ungeheuer wars! — — Walltraud!
Walltraud!   (Fällt über sie hin.)

Achter Auftritt.

Der alte Gravenecker wird hereingeführet.
Vorige.

Graven. (Im Hereingeben.) Meine Tochter!
meine Walltraud! Siegfried! Siegfried mein Sohn!
mein Erretter! Wo sind sie, wo sind sie?

Siegfr. Vater! Vater!
     (Läuft hervor, und sinket in Graveneckers Arme.)

Graven. Barmherziger Gott! du weinest, Sieg=
fried! Wo hast du sie gelassen? Wo ist sie?

Siegfr.

Siegfr. Wo sie ist? Vater! — — In der besseren Welt! (Weint.)

Graven. (Heftig.) Todt! Todt! meine Tochter todt! — Laß mich sie sehen! — todt, meine Walltraud! (Er suchet sie, und da er sie erblicket.) Blut! Ermordet! — — Gott! (Fällt hin auf sie.)

Siegfr. (Zu den Soldaten.) Haltet ihn! entfernet ihn von diesem traurigen Anblicke! Vater! erholet euch!

Graven. (Nachdem man ihn halb in Ohnmacht auf eine andere Seite gebracht hatte.) (Nach einer Pause, und in den Armen der ihn unterstützenden Soldaten.) Laß mich sterben, Siegfried! — sterben! sie ist durch mich gestorben. Ich gab ihr den Dolch — dieser Heiligen, als man mich dahin schleppte. — Ich bin der Mörder meiner Tochter! — — Lasset mich sterben! — — Deine Hand, Siegfried! — — Walltraud verzeihe!

(Er sinkt ohnmächtig zurücke.)

Siegfr. Gott! stärke ihn. . . . Die Hand wird eiskalt . . . . es ist Todesohnmacht! — — Vater! Vater! — — —

Neun=

Neunter Auftritt.

Die alte Eve wird als Gefangene herein ge=
bracht. Vorige.

Eve. (Im Hereingehen.) Gerechter Himmel! was
für eine entsetzliche Nacht! . . . .

Stauz. Siehst du diese Todten hier, Eve!

Eve. Barmherziger Himmel! — — Hainz
todt, ermordet! Erbarmen über seine Seele! — —

Stauz. (Führet sie zu Walltraud.) Und hier ein
Engel!

Eve. Gott! Walltraud! — — O! das ich
diesen Gräuel erleben mußte! entsetzlich!

Stauz. (Auf Siegfrieden deutend, der über den
Leichnam des alten Graveneckers sich hinbreitet.)
Und da — dein Sohn, Eve!

Eve. Was sprichst du, Alter! mein Sohn?

Siegfr. (Wie erwachend.) Wessen Sohn? Sprich
das Todesurtheil über mich, Alter!

Stauz. Eve deine Mutter, und Hainz der Er=
mordete, dein Vater!

Siegfr. u. Eve. Gott! —

Stauz. Ich habe dich aus seinen Händen em=
pfangen, und diesem frommen Manne, dem Vater
Walltraubs, in die Pflege gegeben. — — Hainz,
und Eve sind deine Aeltern.

Eve. Siegfried, mein Sohn, sagst du? Ists
der, den ich vor etlichen und zwanzig Jahren aus
Hainzens Umarmungen zeugte?

Stauz.

Stauz. Ganz der nämliche, Eve! Du glaub=
test, er wäre gestorben.

Siegfr. Gott! welch eine schreckliche Entde=
ckung! Hainz, dieser Hainz mein Vater! — —
Eve! Mutter. Vergieb mir! Unwissend hab ich ihn
ermordet, weil ich ihn für den Mörder meiner Wall=
traub hielt! — Bin unschuldig an diesem Vater=
mord!

Eve. Sey ruhig Sohn! Es sind die schrecklich=
sten Gerichte des Himmels! Auch deine Mutter
wird bald nicht mehr seyn!

Ende des Schauspiels.

Wer

Ihr gebt ein so seltnes Schauspiel
Häterkeit im Alter.   1 Aufz.4 Auft.

Wer war wohl mehr Iude.

Wer

war wohl mehr Jude?

Ein

Schauspiel

in drey Aufzügen.

von

K. Lotich.

1783.

Personen.

Herr Reichert, Banquier.
Frau Reichert, seine Gattin.
Karl Reichert, ihr Sohn, Kriegsrath.
Grosse, Geistlicher.
Wolf, Jude.
Marie, seine Tochter.
Werner, Landmann.
Anne, seine Frau.
Pfeil, Tischer.
Friedrich, Wolfs Bedienter.
Johann, Reicherts Bedienter.
Ein Bettler.
Bediente.

Das Stück spielt in Berlin und in einem Dorfe, eine Stunde von der Stadt.

Er=

Erster Aufzug.

—

Erster Auftritt.

(Die Scene eine ländliche Gegend vor Werners Hause.
Es ist früh.)

Anne, hernach Werner.

Anne (tritt aus dem Hause und sieht sich um.)

Er ist schon fort. — Was ihn so früh hinausge-
trieben hat? Ohne mir einen guten Morgen gesagt
zu haben. Das ist wider seine Gewohnheit. —
Vielleicht ist er zu unserm guten Pfarrer Grosse gegangen. — Da kömmt er ja! (eilt ihm entgegen und
nimmt ihn treuherzig bey der Hand) Guten Morgen, Vater.

J 2 Wer=

Werner. Guten Morgen, liebes Weib.

Anne. Was fehlt dir? Du siehst so traurig aus.

Werner. Kann seyn. Es ist mir auch so bange, so bange, als hätte ich kein gutes Gewissen. — Ich konnte nicht im Bette bleiben. Ich gieng hinaus, dachte der heitre Morgen sollte mich ruhiger machen, wie andremal. — Aber umsonst.

Anne. Du hast vielleicht schlecht geschlafen. Auch griffst du dich gestern Abend spät mit schwerer Arbeit an. Davon wirds seyn.

Werner. Nein, Mutter. Arbeit giebt guten Schlaf und Zufriedenheit. Ahndungen sinds, Ahndungen. — Vor neunzehn Jahren, wie wütende Flammen unser Haus verwüsteten, und wir unser Kind verloren, da war mir just so, just so.

Anne. Ach, Vater! warum reissest du mir eine alte Wunde auf? Das Andenken an diese grausenvolle Nacht geht mit mir ins Grab. — Hätte sie uns nur arm gemacht, was wäre es weiter. Aber sie raubte uns viel, sehr viel. — Eine Tochter!

Werner. Der itzt besser ist als uns. — Weine nicht. Einen Todten muß man nie beweinen. — Aber da forderts Standhaftigkeit, soll man einen Ort verlassen, der einem siebzig Jahr Dach und Fach gegeben hat.

Anne. Was willst du damit, Vater?

Werner. Unser Hüttchen werden sie uns nehmen.

Anne. Gott im Himmel! wer denn?

Werner. Der Kaufmann Reichert in Berlin, dem wir zweyhundert Thaler auf Wechsel schuldig sind. Hast du vergessen, daß er schon vor vier

Ta=

gen hätte sollen bezahlt werden? Heut denk ich,
wird die Antwort auf meine Bitte um Nachsicht kommen. Ich fürchte, ich fürchte —

Anne. Ohne Ursache, Vater. Er wird dir
deine Bitte nicht abschlagen. Was sind denn für
so einen reichen Mann zweyhundert Thaler. Und
die Beruhigung, arme Leute vom Verderben gerettet zu haben, bewegt ihn gewiß zur Nachsicht.

Werner. Ja, wär' er kein reicher Mann, dann
könnten wir die gute Hoffnung haben. Du glaubst,
Reiche denken so gegen uns, wie wir gegen Arme.
Die Furcht eine Wenigkeit zu verlieren, die für
seinen Reichthum ein Sandkorn auf einen Sandberg
ist, wird ihn hart und unmenschlich machen.

Anne. Du urtheilst zu unfreundlich von deinen
Nebenmenschen.

Werner. Ach! Mutter, eine siebzigjährige Erfahrung macht uns vor ihm zittern. — Und dieser
Kaufmann soll sehr habsüchtig seyn. Denke nur
selbst. Er wußte meine Armuth, und doch mußte
ich ihm sechs Procent geben. Er würde mir auch's
Geld gewiß nicht geliehen haben, wäre es ihm nicht
bekannt gewesen, daß mein Gütchen weit mehr
werth ist.

Zweyter Auftritt.

Die Vorigen. **Ein Bedienter** (sieht sich
um.)

Werner. Wen sucht Er, mein Freund?

J 3   Be-

Bedienter. Kann Er mir nicht sagen, wo ein gewisser Werner wohnt?

Werner. Ich bin es selbst. — Hat Er was an mich?

Bedienter. Ja, einen Brief vom Herrn Reichert. — Hier ist er.

Werner. Ich bedanke mich.

Bedienter. Leb Er wohl. (ab)

Werner. Gott behüt Ihn.

Dritter Auftritt.

Werner. Anne.

Werner. Nun werden wir sehn, ob ich ohne Ursache zitterte. — Lies du, Mutter. Mein Gesicht hat zu sehr abgelegt.

Anne. (öffnet den Brief, und liest) „Habt Ihr „alter Mann nicht mehr Verstand, mir ein solches „Anerbieten thun zu können, mich mit Gewalt um „mein sauer erworbnes Vermögen zu betrügen? „Hättet Ihr besser gewirthschaftet, nicht alles ver- „soffen und lüderlicher Weise durchgebracht, so könn- „tt Ihr als ein redlicher, gottesfürchtiger Mann „bezahlen. Schafft Ihr binnen diesem Nachmittag „nicht die ganze Summe und die rückständigen Ju- „teressen, so lasse ich Euch ins Gefängniß schmeis- „sen. Habt Ihr dazu keinen Apetit, so räumt mir „Euer Gut ein, wie alles drin steht und liegt. Ich „verliere dann immer noch die Hälfte meiner Schuld.“

—— . (lange Pause)

Wer-

Werner. Haſt du's gehört? verſoffen, lüder=
licher Weiſe durchgebracht. — Ich alter, armer
Mann!

Anne. Barbariſch! Unmenſchlich!

Werner. Gott du weiſts, obs meine Schuld
war, daß ich im ſiebzigſten Jahre ein Lügner wer=
den mußte.

Anne. Was fangen wir an? Ich ſehe keine
Hülfe, keine Rettung.

Werner. Seh ich ſie. — Wir verlaſſen unſer
Gütchen.

Anne. Und werden Bettler.

Werner. Bettler! Ich bin's ſchon. Meine
Ehre iſt gebrandmarkt. — Hat er mich nicht einen
Schelm geſcholten?

(beyde ſtehen ſprachlos in Gram verſunken)

Vierter Auftritt.

Die Vorigen. Groſſe (in grauen Ober = und
ſchwarzem Unterkleide; ſein Haar natürlich.)

Groſſe. (im Auftreten für ſich) Da ſind ja die
lieben Alten! — Guten Morgen, redlicher Greis,
gute Mutter. (ſtellt ſich zwiſchen ſie)

Anne. Guten Morgen, lieber Herr Paſtor.

Groſſe. Wie geht's Euch? Was macht Ihr?
— Der Morgen war zu heiter, um ihn ungenützt
auf meiner Stube verſtreichen zu laſſen. Ich machte
einen kurzen Spaziergang, beſuchte einige Kranken,

und

und dann fehlte zu meiner heutigen Ruhe nichts, als Euch noch zu sehen, Ihr Lieben.

Anne. Ach! vielleicht wünschen Sie Sich weit von uns weg.

Grosse. Wie das? Ihr wißt ja, ich bin so gern um Euch. Bin hier so glücklich. Ihr gebt ein so seltnes Schauspiel, Heiterkeit im Alter.

Werner. (Aus seiner Betäubung erwachend.) Selten! — Nicht selten, wenn die Menschen Barmherzigkeit fühlten. Ich war arm, aber sehr zufrieden, wenn Sie und mein gutes Weib mir zur Seite saßen. Ach! die Zeiten sind hin. Sie kommen nie wieder.

Grosse. Was soll dies? Eure Mienen und Reden verrathen Schmerz.

Werner. Einen bittern Schmerz. Er bahnt mir den Weg zum Grabe. — Daß ich mit Schande bedeckt hinunter gehen muß!

Grosse. Dies ist marternde Dunkelheit für mich! Ich seh' es, schwerer Kummer drückt Euch. — Freund, sprecht, redet. Habt Ihr vergessen, was ich Euch so oft sagte: Leiden ist nur halbes Leiden, wenn eine theilnehmende Seele mit uns klagt.

Werner. Der Tod kann mich trösten. Sie können's nicht.

Grosse. O Muth ist Trost. — Auch Euch, gute Mutter, hats Elend stumm gemacht. Ein quälendes Schweigen für einen Freund. — Wenn Ihr mich liebt, so redet.

Anne.

Anne. Die Erzählung des Unglücks hilft zu unsrer Rettung nichts. Der Schlag ist zu hart. (Giebt ihm den Brief.) Hier lesen Sie. Sie wissen, daß Wetterschaden und Theurung, nicht unser Verschulden, die Bezahlung hindert.

Grosse. (Nachdem er gelesen.) Entsetzlich! (bitter) Auch ohne die Unterschrift würd' ich den Kaufmann erkannt haben. — (Pause.) Hier ist Hülfe, schleunige Hülfe nöthig.

Werner. Sind meine Klagen ungerecht?

Grosse. Nicht ungerecht. Aber sie ertönen über Alltaggeschichten.

Werner. Die ich im siebzigsten Jahre nicht selbst zu erfahren glaubte.

Grosse. Fasset Euch, edler Greis. Selbst Eure Leiden müssen Euch Beruhigung geben: Ihr werdet der Armuth wegen gedrückt; diese ertheilt Euch das edle Zeugniß, daß Ihr nie Ungerechtigkeiten begingt: denn sonst wärt Ihr ja auch reich und groß.

Werner. Aber diese harten Vorwürfe gegen meine Redlichkeit. Ich besaß einen edlen Reichthum: denn noch keiner hatte mir gesagt, du bist ein Schelm. Gottes Schickung wars, daß ich nicht Wort halten konnte. Hätte er nur noch ein Jahr mit mir Geduld gehabt, da hoff' ich, ihm alles zu bezahlen.

Grosse. Um Gotteswillen werdet ruhig. Eure Unruhe verzögert meine Hülfe.

J 5   Wer=

Werner. Wär' ich noch jung, dann sollten meine Thaten seine Vorwürfe zu nichte machen. Aber ein Greis, wie ich, kann nichts mehr thun.

Grosse. Der Schmerz hintergeht Euch. Das Lob dieses Kaufmanns könnt' Euch schaden, nicht sein Tadel.

Anne. Aber bedenken Sie nur selbst. Eine so geringe Summe für so einen steinreichen Mann. Wer hätte da nicht Barmherzigkeit hoffen sollen?

Grosse. (mit Wärme.) Tugendhafte Gesinnungen lehrten Euch diese hoffen. — Gutes Weib, sucht Euren Mann zu trösten. Ich sorge für Eure Rettung.

Werner. Die schaff' ich selbst. Ich verlasse meine Wohnung. — Wo ich hingehe, das weiß Gott. Er wird mich leiten.

Grosse. Nein, Ihr sollt diesen Ort nie verlassen. Ich müßte dann selbst ohne Obdach seyn. Redlicher Greis, quält Euch nicht mit zu ängstlichen Sorgen. Ich eile sogleich nach der Stadt, um den Kaufmann zur Nachsicht zu bewegen.

Werner. Das geb' ich nicht zu.

Grosse. Warum nicht? Es ist mehr meine Pflicht für Euch zu sorgen, als zu Euch zu sprechen. — Gelingt's mir beym Kaufmann nicht, nun so wend' ich mich an den Juden Wolf, der den Einwohnern dieses Dörfchens, bey dem unglücklichen Brande, so vieles Gute erwiesen hat. — Ich schaffe Hülfe, komme sie auch woher sie wolle. (Nimmt Annen und Wernern in seine Arme und blickt sie mit zufriedner Miene an.) Bald bin ich wieder

bey

bey Euch, und verscheuche mit frohen Nachrichten die trüben Wolken von Eurem Gesichte. — O welche Freude wartet dann meiner! — Lebt wohl. Lebt wohl. (Eilt ab.)

Fünfter Auftritt.

Werner. Anne. (stehen beide einige Augenblicke sprachlos.)

Werner. War das ein Engel oder ein Mensch?

Anne. Ich begreif's nicht. Mit welchem Eifer er unser Elend zu lindern sucht. Dazu sind die Menschen sonst immer träge.

Werner. Weil sie nicht helfen wollen. — Aber komm Mutter, ich brauche Schlaf. Das war für meinen alten schwachen Kopf zu viel. Schlaf ist die beste Erquickung, wenn die Seele sehr gelitten hat.

Anne. Aber genieß auch deinen Schlaf ohne Sorgen.

Werner. Gott gebe! daß der Tag heiterer endigt, als er angefangen hat.

Anne. Er wird's!

(Beide ab in die Hütte.)

Sechs-

Sechster Auftritt.

(Wolfs Zimmer.)

Wolf (allein, liest in Lessings Nathan; nach einer kurzen Pause legt er das Buch weg.)

Ein treflicher Mann der Nathan! — Den feurigsten Dank sind wir dir schuldig, grosser Lessing. — Wenn seine Bemühungen nicht fruchtlos wären. Ich diese frohen Zeiten noch erlebte. Mein grauer Bart nicht mehr der Spott der Kinder und Narren seyn dürfte, ein Jude nicht mehr das Schimpfwort der Redlichkeit wäre, man um tausend schlimme nicht zehntausend gute verdammte. — O glücklicher Traum!

Siebenter Auftritt.

Friedrich. Der Vorige.

Wolf. Was bringst Du, Friedrich?

Friedrich. Es ist ein armer Mann draussen.

Wolf. Zwingt ihn Alter oder Krankheit zum Betteln? — Du kennst meine Fragen.

Friedrich. Nein, er sieht jung und stark aus.

Wolf. Da weißt Du meinen Willen.

Friedrich. Aber er jammert so sehr. Und es giebt mir allezeit einen Stich durch's Herz, wenn ich einen Armen abweisen soll.

Wolf.

Wolf. Falsches Mitleiden! — Du weißt, daß ich alten und unvermögenden Bettlern eine Gabe nicht versage. Aber Kindern und jungen Leuten, die uns ansprechen, etwas reichen, ist der Bosheit unter die Arme gegriffen.

Friedrich. Aber, lieber Herr, ein junger kann's ja eben so gut brauchen.

Wolf. Niemals. Die Welt hat unzählige Beschäftigungen. Geh. Weis' ihn ab; doch nicht mit Strenge.

Friedrich. (Im Abgehen.) Ich bin ja kein Vornehmer.

Achter Auftritt.

Wolf (allein.)

Vielleicht scheine ich in Friedrichs Augen hart und unempfindlich. — Was schadet's! Wenn mir nur mein Gewissen sagt, daß ich recht thue. — Bald hätt' ich mein Morgengeschäft unterlassen. (ruft) Friedrich! — Daß der Mensch doch nichts so leicht vergißt als Wohlthätigkeit! — Friedrich!

Neun=

Neunter Auftritt.

Friedrich. Der Vorige.

Friedrich. Was befehlen Sie?

Wolf. Bist Du bey der Predigerswittwe gewesen? *)

Friedrich. Noch gestern Abend spat.

Wolf. Ist sie völlig wieder gesund?

Friedrich. Gesund wie ein Fisch im Wasser. Sie sieht so frisch und munter aus, als wäre sie erst zwanzig Jahr alt. Ach! Sie sollten nur mal den Jubel mit ansehen, wenn ich komme. Die erste Frage der redlichen Frau ist nach ihrem Wohlthäter. Tausend Segenswünsche für Ihr Wohl schickt sie gen Himmel. Ihre fünf Kinder kommen mir schon an der Hausthüre entgegen gesprungen und schreyen aus vollem Halse: der alte Friedrich! der alte Friedrich! Jedes will von mir auf den Arm genom=

---

*) Wer vielleicht wider meinen Juden einwenden möchte, er sey ein Ideal, der glaube es auf mein Wort, daß in Berlin viele Judenhäuser christliche verschämte Armen ernähren. Wen dies noch nicht befriedigt, der lese, Unterhaltende die Menschheit intereßirende Merkwürdigkeiten, und er wird Züge edelgesinnter Juden finden, die seine hartherzge Ungläubigkeit beschämen müssen.

nommen seyn. Und alle, das kleinste wie das größte, lallen Ihren Namen.

Wolf. Die guten Kinder!

Friedrich. Für mich ist's allemal ein wahres Fest, wenn Sie mich zu den braven Leuten schicken. Ich habe vierzig Jahr bey Christen gedient, aber zu dergleichen Expeditionen brauchten mich meine Herrschaften nicht. Um leere Komplimente zu überbringen und die Schuldner zu mahnen, hab' ich mir meine Füsse stumpf gelaufen.

Wolf. Bey mir sollst Du ausruhen.

Friedrich. Ach lieber Herr, in Ihren Geschäften kriegen meine Beine wieder Mark. Und ich mag für Sie noch so viel thun, ich mach's doch nicht gleich, was Sie für mich gethan haben. Ich wär ja verhungert, hätten Sie mich nicht zu Sich genommen.

Wolf. Ich werde hinreichend belohnt, hegst Du nun von einem Juden eine bessere Meynung als vorher.

Friedrich. Pfui! Da müßt ich ein Schelm seyn. Mein voriger Herr war ein Priester. Ich ward krank, und er stieß mich zum Hause hinaus. Sie, mein guter Herr, nahmen mich auf. — Ich liebe Sie aber auch wie meinen Vater. Befehlen Sie, Friedrich, stürz dich dort in die Flamme, ich wär gewiß drinn, ehe Sie noch ausgeredt hätten.

Wolf. Guter Friedrich, ich habe Beweise von Deinem Diensteifer. — Die Frau bedarf sonst nichts? Ihre Kinder sind doch alle gesund?

Frie=

Friedrich. Das Jüngste ist gefährlich krank. Aber für das wird schon Ihre liebe Tochter sorgen. Sie war gestern selbst mit bey der Frau.

Wolf. Meine Tochter? — Ich habe Dir aber ausdrücklich verboten, von der ganzen Sache bey der Predigerswittwe ein Wort zu sagen.

Friedrich. Ne, das kann ich nicht verschweigen. Ich möcht's lieber der ganzen Welt zuschreyen, mein Herr ist gar ein guter braver Mann. Ihrer Tochter, die eben so rechtschaffen denkt, mußt ich's sagen. Gestern Abend schlich sie sich ganz in Stillem mit mir hin, um die Freude zu geniessen, die ich ihr so süß vorgemalt habe.

Wolf. Friedrich, itzt bist Du für ein Vaterherz der erhabenste Lobredner. — (Pause.) Ist meine Tochter aufgestanden?

Friedrich. Schon vor einer Stunde. Sie ist heut voller Leben und Freude. Sie sprang auf mich zu, druckte mir die Hand und sagte: Heut schenkt mir der König meinen Karl!

Wolf. Wenn sich das gute Kind nur nicht mit vergebnen Hofnungen schmeichelt. Sie ist eine Jüdin. Gesetze verbiethen's einem Christen, sich mit einer solchen zu verheyrathen.

Friedrich. Nach meinem schlichten Menschenverstande kömmt mir das just so vor, als hätten die Herren, die das Gesetz gemacht haben, die Juden nicht für Menschen gehalten. Und der Sie, lieber Herr, erschaffen hat, hat ja auch mich erschaffen.

Wolf.

Wolf. Das kannst Du Deinen Glaubensgenossen zurufen, wenn sie sich eine Lust machen, und mit einem armen Juden Ihr Gespött treiben.

Friedrich. Das werd' ich! — Es wär' aber ewig schade, dürfte der Herr Kriegsrath Reichert Ihre liebe Tochter nicht zur Frau nehmen. Denn das ist ein Mann! Alle Menschen lieben 'n. Sein Bedienter, ein ehrlicher Kautz, der bet 'n bald an. Noch gestern hab' ich was von 'm gesehn, da war ich ganz außer mir vor Erstaunen.

Wolf. Das war?

Friedrich. Ich traf 'n auf der Straße, wie er einem gemeinen alten Manne, der allerhand Sachen unter'm Arm trug und damit gefallen war, aufhalf und sich's nicht schämte, ob er gleich ein schönes goldnes Kleid anhatte, die verlornen Sachen aufzulesen, weil der arme Mann einen harten Fall gethan hätte und sich nicht bücken konnte. Es waren eine große Menge Leute um ihn herum versammlet und lachten ihn aus, daß er sich mit dem gemeinen Kerl abgeben könnte. — Lieber Herr, ich lachte nicht. Ich weinte vor Freuden.

Wolf. (drückt im die Hand.) Deine Thränen waren viel werth. — Da kömmt ja meine Tochter!

(Friedrich ab.)

K   Zehn-

Zehnter Auftritt.

Marie. Wolf.

Marie (eilt auf Wolf zu und küßt ihm die Hand.) Guten Morgen, theuerster bester Vater.

Wolf (küßt sie.) Guten Morgen, liebe Tochter. — Wie kommt's, daß Du mir heut Deinen Morgengruß so spät bringst? Es verlangte mich schon lange nach dir. (Verweisend.) Dein Anzug hat Dich doch wohl nicht etwa davon abgehalten?

Marie. Nicht diesen Argwohn, guter Vater. Sie lehrten mich Putz und Erwerbung unnatürlicher Schönheiten verachten. Auch dächt ich, bester Vater, mein Anzug wäre meine Vertheidigung?

Wolf (sie schalkhaft betrachtend.) Nu! Nu! eine gar zierliche Vertheidigung. — Doch in den Umständen, in denen Du Dich itzt befindest, da verzeiht man Dir schon eine kleine Eitelkeit. Braut und nicht äusserst sorgsam für den Putz, möchte wohl im Alterthume zu suchen seyn.

Marie. Und wie dann, lieber Vater, wenn ich's ohne stolz zu seyn, wagen dürfte, Ihre Meynung durch mich selbst zu widerlegen? Ist mein Anzug itzt anders gewählt als gewöhnlich?

Wolf. Sieh, sieh, liebes Mädchen, ich habe Dein stolzes leichtgläubiges Herz auf seiner Schwachheit ertappt. Dies weisse mit Geschmack gewählte Kleid, dies natürliche Tragen des Haars, ist das nicht der Lieblingsanzug deines Karls?

Marie.

Marie. Ach! Sie verfahren auch mit diesem schwachen nur weiblichem Herzen zu strenge. Wie würden wir arme Geschöpfe vollends gegen die Männer bestehen, wollte man uns nicht diese kleine unschuldige List erlauben? Haben wir denn andre Waffen, als die Reize des Aeusserlichen, einen Blick, einen Händedruck, einen Seufzer?

Wolf. Gar mächtige Waffen!

Elfter Auftritt.

Friedrich. Die Vorigen.

Friedrich (zu Marien.) Hier ist ein Brief vom Kriegsrathe Reichert an Sie.

(Giebt ihr ihn und geht ab.)

Marie (erschrocken.) Was wird er enthalten?

Wolf. Sey gefaßt, gutes Kind. Er kann sehr ungünstig ausfallen.

Marie (hat ihn flüchtig überlesen.) Vater, Vater, Ihre Tochter ist glücklich! — (ließt) „Diesen „Augenblick erhielt ich von unserm Könige die Er- „laubniß, durch den Besitz deiner Hand, mich am „Ziele meiner Wünsche zu sehen. Geschäfte halten „mich ab, sogleich zu Dir zu eilen. Die Nachricht „Deines und meines Glücks konnt' ich Dir aber „nicht eine Minute verschweigen. In einer Stunde „bin ich bey Dir. Dein Karl." — Dank Dir, mein König, Dank Dir!

Wolf.

Wolf. Hätt's nicht erwartet.

Marie. Unser guter Fürst will frohe Unterthanen haben. O er hat ein glückliches Mädchen gemacht! — Aber, bester Vater, Sie freuen Sich ja nicht? Denken Sie doch, Ihre Tochter wird Gattin des Besten der Männer.

Wolf. Es war der eifrigste und fast der einzige Wunsch Deines Vaters.

Zwölfter Auftritt.

Friedrich. Die Vorigen.

Friedrich. Der Tischer Pfeil ist da. Er will Sie sprechen.

Wolf. Was willst Du mal wieder mit Deinen Anmelden? Du weißt, ich kann die Kindereyen nicht leiden.

Friedrich. Ich kann nicht dafür, lieber Herr. Er wollt's durchaus haben.

Wolf. Er hat gewiß viel mit vornehmen Herren zu thun, daß er so furchtsam ist. — Laß ihn herein. *(Friedrich ab.)*

Marie. Sie haben nun Geschäfte, lieber Vater. Für mich wird itzt die Einsamkeit angenehmer seyn.

(Küßt ihm die Hand und will gehen.)

Wolf (liebreich.) Ja, ja, nun kriegt der Vater keinen Kuß mehr. Hältst haus für den Mann. *(Marie fällt ihm in die Arme; stummes Spiel; sie geht ab.)*

Drey=

Dreyzehnter Auftritt.

Wolf. Pfeil.

Wolf (geht ihm entgegen und faßt ihn freundschaftlich bey der Hand.) Was bringt Er mir, lieber Mann?

Pfeil. Nehmen Sie's doch ja nicht übel, daß ich Ihnen schon so früh muß beschwerlich fallen. Ich würde mir's nicht unterstanden haben . . . .

Wolf. Keine Umstände. Geschäfte treiben Ihn zu mir. Diese zu besorgen ist meine Pflicht.

Pfeil. Es ist mir nur bange, Sie möchten ungehalten werden. Ich hätte diesen Schritt auch gewiß nicht gethan, nöthigte einen die Noth nicht bisweilen zu etwas, das . . . .

Wolf. Red' Er frey, ohne Zurückhaltung. Kann ich Ihm helfen, so thu ich's gewiß.

Pfeil. Ihr freundliches Wesen macht mir Herz. Ich wollte Sie bitten, ob Sie wohl so gut wären, mir die Hälfte der Rechnung zu bezahlen, die ich eigentlich erst künftiges Vierteljahr fordern darf. Aber Krankheit meiner Frau und Kinder zwingen mich, dies bey allen meinen Kunden zu thun.

Wolf. Keiner, der weiß, was Mangel ist, wird Ihm diese kleine Gefälligkeit abschlagen. — Ich will die ganze Summe bezahlen.

Pfeil. Ne, dies kann ich wirklich nicht annehmen. Nur um die Hälfte bitt' ich Sie.

Wolf. Werd' ich dadurch reicher werden? Er braucht's. — Hat Er meine Rechnung bey Sich?

K 3   **Pfeil.**

Pfeil. Hier ist sie. — Es sind fünf und zwanzig Thaler vierzehn Groschen.

Wolf. (besieht sie.) Gut! (Nimmt aus dem Schreibtisch Geld und zählt es auf.)

Pfeil. (erstaunt nachdem er das Geld besehen.) Richtig! Nicht ein Dreyer fehlt. Aber . . . . .

Wolf Nun was steht Er an, lieber Mann. Warum streicht er nicht ein?

Pfeil. Weil ich gewohnt bin, keine Summe einzustreichen, die man mir nicht bis auf die Hälfte verkümmert. Ich hatte noch nichts mit Ihnen zu thun, und diese Billigkeit bildete ich mir nicht ein.

Wolf. Nicht wahr, weil ich ein Jude bin?

Pfeil. Freylich! Sie müssen mir's aber nicht übel nehmen. Ihr Volk wird einem ja sogar von der Kanzel herab häßlich geschildert.

Wolf. Ich hoffe, Er kann diese Summe mit gutem Gewissen fordern: ich werd' Ihm nichts abziehen.

Pfeil. Ne! Ich kanns nicht thun. Nehmen Sie fünf Thaler zurück, die schrieb ich zu viel an. Die vornehmen Leute haben mich zu dem Kunstgriffe gezwungen. Sie ziehen mir entweder über alle Gebühr ab, oder bleiben mir Jahr und Tag schuldig. Schöne Meublen wollen die stolzen Leute wohl haben, aber der arme Handwerksmann soll seinen Schweiß umsonst verlieren. Wollt' ich mich nicht in kurzer Zeit bis an Bettelstab gebracht sehen, so mußt' ich das Mittel ergreifen. — Nehmen Sie den Ueberschuß wieder. — Halten Sie mich aber nicht für einen Betrüger.

Wolf.

Wolf. Sein freymüthiges Geständniß sichert Ihn davor. — Die fünf Thaler schenk' ich Seiner kranken Frau.

Pfeil. Nu, ich will's annehmen, mit tausend tausend Dank will ich's annehmen. Sagt mir einer wieder Schlechtes von den Juden, so werd' ich ihm Ihre großmüthige That erzählen. Mein Weib, meine Kinder, die ganze Stadt soll's erfahren, was Sie für ein rechtschaffner Mann sind. — Soll ich die Rechnung unterschreiben?

Wolf (zerreißt das Papier.) So ist sie unterschrieben. Wollt' Er ein Schelm seyn und es noch einmal fordern, so wird Ihn Sein Name nicht davon abhalten.

Pfeil. Sie großmüthiger Mann! — Wenn Sie meine Arbeit brauchen, so vergessen Sie mich nicht.

Wolf. Gewiß nicht! Ich ändre überdies mit den Arbeitsleuten ungern.

Pfeil. Leben Sie wohl. Ich möcht' Ihnen so gern recht sehr danken, aber ich kann nicht. Mein Herz . . . .

Wolf. Versöhn' Er Sich mit meinem Volke, dies ist mir der angenehmste Dank.

Pfeil. Ach lieber Herr, armen Juden will ich nach meinen Kräften helfen.

Wolf. Leb' Er wohl.

(Pfeil ab.)

K 4 Vier=

Vierzehnter Auftritt.

Wolf. Hernach Friedrich.

Wolf. Habe heut meinem Volke wieder einen Freund erworben. — (Ruft.) Friedrich!

Friedrich (tritt auf.)

Wolf. Bring mir Hut und Stock. Ich will zu meinem Glaubensgenossen Abraham gehen.

Friedrich. Ich habe diesen Morgen mit dem Sohne geredt. Er sagt mir, sein Vater wäre sehr schlecht. (Friedrich ab.)

Wolf. Es wird ihm bald besser werden, wenn er dort ist. (Pause; auf und nieder gehend.) Und der König hat wirklich in die Verheyrathung meiner Tochter mit dem Kriegsrathe gewilligt! — Mein Plan wär' also gelungen. — Nun solls der gute Karl also erfahren. Er wird sich freuen.

Fünfzehnter Auftritt.

Karl Reichert. Der Vorige. Friedrich (bringt Hut und Stock und geht ab.)

Wolf. A willkommen, lieber Karl.

Karl. (freudig hereintretend.) Hat es Ihnen Ihre liebenswürdige Tochter gesagt, daß ich Ihnen nun bald den theuern Namen Vater geben darf?

Wolf. Ich weis alles, lieber Karl. — Hat der König eigenhändig an Sie geschrieben?

Karl.

Karl. Eigenhändig, wie's des großen Monar=
chen rühmliche Gewohnheit ist. — Er ist zu gnädig
gegen mich. Außer der Einwilligung macht er mir
viele unverdiente Lobsprüche über meine Verdienste.
Er versichert mir Beförderung bey der ersten Gele=
genheit.

Wolf. Versprechungen, die Ihre Geschicklichkeit
verdient. Auch wird er sie erfüllen.

Karl. O ich mag keine neue Last aufgelegt ha=
ben. Gern, gern wär' ich auch der los, die ich
schon trage. Mein Wunsch ist, fern vom Geräu=
sche der Welt nur für meine Gattin, nur für Sie,
bester Vater, zu leben.

Wolf. Da würden Sie, lieber Karl, nicht recht
thun. Wer Kräfte und Fähigkeiten hat, muß sie
nicht todt liegen lassen. Geschäftloses Leben ist für
den Greis, aber dem Manne unwürdig.

Karl. Glauben Sie nicht, daß Hang zur Träg=
heit die Ursach' ist, mich bürgerlichen Pflichten zu
entschlagen. Handelt man rechtschaffen, dann ist
des Kummers zu viel.

Wolf. Zulassung eines höhern Wesens. Wir
müssen ihm nicht vorgreifen.

Karl. Ihr Wille, bester Vater, ist auch der
Meinige. Ihre vortrefliche Tochter wird mir die
Leiden des Lebens ertragen helfen.

Wolf. Also sind Sie noch fest entschlossen, Ihre
Hand der Tochter eines Mannes zu geben, auf dem
der Fluch des Vorurtheils ruht?

Karl. Bester Vater, noch diese Frage?

K 5 *Wolf.*

Wolf. Die Tochter eines Juden. Ein wichtiger Schritt. Die Welt wird ihn als schändlich erklären.

Karl. Wie sie Handlungen, die nicht nach ihrer Alltagstugend schmecken, zu nennen pflegt.

Wolf. Wenn Sie es je reute!

Karl. Noch nie empfand ich über eine edle That Reue. — Sie wissen ja meine Gesinnung, bester Vater — Wie oft hab' ich's Ihnen gesagt, meine Seele bildet sich ein Ideal eines weiblichen Geschöpfs, das die Gefährtin meines Lebens werden sollte. Das Original zu meinem Gemälde fand ich in Ihrer Tochter. Und Tugend, nicht Religion macht den Menschen.

Wolf. Karl, Karl, wer wollte Dich nicht mit ganzer Seele lieben.

Karl. Noch fehlt mir die Einwilligung meiner Aeltern. Ich bekomme sie nie. Doch werd' ich ihnen die Erlaubniß des Königs und meinen festen Entschluß bekannt machen.

Wolf. Lieber Karl, Du bist standhaft geblieben. Solche Rechtschaffenheit verdient Belohnung. Wisse . . . .

Sechs

Sechzehnter Auftritt.

Friedrich (tritt eilend auf.) Die Vorigen.

Friedrich. Ach lieber Herr, der sterbende Abraham läßt Sie inständigst bitten, Sie möchten zu ihm kommen. Er hätte nicht noch eine Stunde zu leben, und könnte unmöglich aus der Welt gehen, ohne von Ihnen Abschied genommen zu haben.

Wolf. Ueber dich, guter Karl, hätt ich bald den armen Abraham vergessen. — Ich habe Dir noch wichtige Sachen zu entdecken — aber sey ruhig — lauter angenehme. (Zu Friedrich) Meinen Hut und Stock. (Er giebt ihm beides. Wolf küßt Karln.) Leb wohl, guter Junge. — Ich will Dir meine Tochter herschicken. (Schalkhaft.) Hättest es vielleicht schon lange gern gesehen, daß ich wär abgerufen worden.

Karl. (Zärtlich) Mein Vater!

Wolf. Bist mein Karl.

(Eilt mit Friedrich ab.)

Siebenzehnter Auftritt.

Karl Reichert (allein.)

O wie glücklich bin ich, der Sohn eines so vortrefflichen Mannes zu werden! — Er wird mein zweyter Vater. — Ach, daß ich die stolze Freude nicht fühlen kann, rechtschaffne Aeltern zu haben! —

Was

Was er mir wohl zu entdecken hat? — Doch böse
Zeitung kann mir nun keiner bringen, da Marie
mein ist.

Achtzehnter Auftritt.

Marie. Der Vorige.

Marie. Karl! (sie fliegen sich in die Arme)
Karl. Geliebte! (Pause)
Marie. Du bist mein.
Karl. Um mich nimmer von dir zu trennen.
Marie. Liebst du mich noch?
Karl. Mehr als je.
Marie. Ach, oft ist die Erfüllung des Wun=
sches sein Tod.
Karl. Uns vereinigt die Tugend. Ihre Bande
trennen sich nie.
Marie. O Karl, Karl, mein Herz ist so voll.
— Komm, in den Garten. In der schönen Na=
tur fühlt man sein Glück doppelt.

(beyde Arm in Arm ab)

Ende des ersten Aufzugs.

————————

Zwey=

Zweyter Aufzug.

Erster Auftritt.

(Herrn Reicherts Zimmer)

Herr Reichert (allein, sitzt unter Handlungs=
büchern begraben, an dem Schreibtische und
rechnet; sein Anzug ist geschmacklos.)

Zwey und vier ist sechse. — Richtig! In diesem
Jahre viertausend Thaler mehr verdient, als im
vorigen. — Mein guter Engel gab mir den Gedan=
ken ein, Bankerot zu machen. Achtzigtausend Tha=
ler hab' ich wenigstens dadurch gewonnen. — Ein
rechter Schlag war's, daß ich den Gotthard breit
schlug, mir vier Wochen vor dem Bankerote dreißig=
tausend Thaler zu borgen. Der dumme Teufel be=
kam achttausend dafür. Ha, ha, ha! — (kramt
in den Papieren, und findet einen Brief) Was ist denn
das? — Ach ein Bettelbrief von meinem Bruder.
— Ja du kannst bis zum jüngsten Tag auf die
Antwort warten. Ich brauche mein Geld besser als
es dir zuzuwerfen.

Zwey=

Zweyter Auftritt.

Johann. Der Vorige.

Johann. Der Tischer Pfeil ist da. Er möchte gern mit Ihnen sprechen.

Reichert. Was will der Kerl?

Johann. Ich weiß nicht.

Reichert. Sagt ihm, er könnte sich ein ander-mal herpacken. Ich hätte jetzt keine Zeit.

(Johann ab)

Reichert. Den alten Werner wird mein Brief auch recht in Furcht und Schrecken gejagt haben. Eh' er sich läßt beym Kopfe nehmen, räumt er mir lieber sein Gütchen ein. Vierhundert Thaler ist's wenigstens werth. — Zweyhundert hab' ich ihm gegeben; noch dazu in schlechten Louisd'orn

Johann. (tritt wieder auf) Er will sich durch-aus nicht abweisen lassen.

Reichert. Nu, so mag der Kerl nur hereinkom-men. (Johann ab)

Dritter Auftritt.

Pfeil. Reichert.

Reichert. Sagt mir nur, was Ihr wollt? Denkt Ihr denn, man hat weiter nichts zu thun, als sich mit euch gemeiner Bagage abzugeben? Ich habe wichtigere Sachen im Kopfe,

Pfeil.

Pfeil. Ich will Sie auch gar nicht aufhalten. Unsre Sache ist bald abgethan. Meine Frau und Kinder sind gefährlich krank gewesen. Ich möcht' auch gern wieder Holz einkaufen. Sie wären wohl so gut, mir den kleinen Rest von funfzehn Thalern zu bezahlen? — Hier ist die Rechnung.

Reichert. Was Ihr für ein unverschämter Mann seyd! Mich zu mahnen. — Nicht einen Heller bezahl' ich Euch, bis mir's wird gefällig seyn.

Pfeil. Sie könnten mir aber einen sehr grossen Gefallen thun. Ich brauch's zur höchsten Noth.

Reichert. Ja zum Saufen und Spielen werdet Ihr's wohl brauchen?

Pfeil. Erkundigen Sie sich nach meinem Lebenswandel. Man wird Ihnen sagen, daß ich kein reicher, aber ein ehrlicher Mann bin.

Reichert. Ihr unverschämter Kerl, ich glaube gar Ihr wollt mir damit was zum Anhören geben. Den Augenblick schert Euch fort, oder ich laß' Euch durch meine Bedienten die Treppe hinunter schmeissen.

Pfeil. Ich habe nicht daran gedacht, Sie zu beleidigen.

Reichert. Ja, ja, ich weiß schon, Ihr Handwerksleute glaubt immer, wir haben das Geld im Ueberflusse. Es wird uns schwerer zu verdienen als Euch. Ihr schnellt und prellt.

Pfeil. So viel haben Sie doch gewiß, daß Sie so gütig seyn könnten, mir die kleine Rechnung zu bezahlen.

Reichert. Darum habt Ihr Euch gar nicht zu bekümmern, ob ich viel oder wenig habe. — Ich
will

will Euch aber nicht bezahlen, weil mir's itzt nicht beliebt. — Ihr könnt hingehn und mich verklagen.

Pfeil. Um am Ende gar nichts zu kriegen. Ne, davor sind Sie sicher. — Geben Sie mir doch nur wenigstens etwas.

Reichert. Weist mal her die Rechnung. (er besiebt sie) Das ist angeschrieben! Sagt mir nur, fürchtet Ihr Euch denn nicht der Sünde? Hättet Ihr Religion und gingt fleissig zur Kirche, würdet Ihr einen nicht so schnellen. — Sieben Thaler wird wohl auch genug seyn?

Pfeil. Wo denken Sie hin, Herr Reichert?

Reichert. Auch das ist noch zu viel. — Sieben Thaler will ich Euch geben. Wollt Ihr das nicht, so schert Euch fort.

Pfeil. Aber Sie seyn doch so gut und zahlen mir in etlichen Wochen den Rest?

Reichert. Ihr seyd ein feiner Gauner. Wollt Ihr das Geld den Augenblick haben, so müßt Ihr die Rechnung ganz abgethan unterschreiben.

Pfeil. Herr, Sie handeln sehr unrecht an mir. Aber was thut man nicht, wenn man in der Noth ist. Ich will die sieben Thaler annehmen.

Reichert. Ach stellt Euch doch nur nicht als hättet Ihr Schaden. (geht in seinen Schreibtisch und sucht in einem grossen Sacke das leichteste Gold)

Pfeil. (für sich) Der Mann heißt ein Lutheraner. Ich wollte, ich könnte nur für Juden arbeiten.

Reichert. Hier habt Ihr's — Kommt, unterschreibt die Rechnung.

Pfeil.

Pfeil. Den Karolin soll ich zu sechs Thaler acht Groschen annehmen? Da büß' ich wieder wenigstens vier Groschen ein.

Reichert. Wenn Ihr nicht wollt, so gebt her. Ich habe kein ander Geld.

Pfeil. Nein, nein, ich will's nehmen. (mit Nachdruck) Ich denke, Sie sollen mir nie wieder eine Rechnung bezahlen. (unterschreibt)

Reichert. Ich glaube gar, Ihr seyd bey Eurer Betteley noch grob. Ich will Euch die Wege —

Pfeil. Hier ist Ihre unterschriebne Rechnung. (mit Wärme) Und sollt' ich betteln gehn, für Sie arbeit' ich nie wieder. (eilt ab)

Vierter Auftritt.

Reichert (allein)

Ihr grober ungeschliffner Kerl! — Doch warum sollt' ich mich drüber ärgern. Hab' ich doch wieder acht Thaler profitirt. Und auf den Karolin sechs Groschen. — Ha, ha, ha! Der dumme Teufel, läßt sich auch so viel abziehn.

Johann. (tritt auf) Die Frau Gemahlin wollen aufwarten.

Reichert. Es wird mir zur Ehre seyn. (Johann ab) Bin ich denn auch gehörig ajustirt.

(putzt an sich)

Fünf

Fünfter Auftritt.

Frau Reichert.   (Johann öffnet die Thüre;
    sie tritt prächtig geputzt herein.) Der Vorige.

H. Reichert. (geht kriechend auf sie zu und küßt
ihr die Hand) Ich habe die Ehre Ihnen meine Ergebenheit zu bezeigen.

Fr. Reichert. Einen Stuhl, ich will mich
setzen.

Hr. Reichert. (setzt ihr einen Stuhl) Sie sind
ja ganz allerliebst geputzt.

Fr. Reichert. Nicht für Sie.

H. Reichert. Verzeihen Sie, mein Engelchen —

Fr. Reichert. Wie oft hab' ich's Ihnen gesagt,
Sie sollen mir solche gemeine Ausdrücke nicht hören
lassen.

H. Reichert. Aber ich liebe Sie so zärtlich;

Fr. Reichert. Müssen Sie mir denn das alle
Augenblicke vorschwatzen. Ich ärgere mich in Gesellschaft nicht wenig über Ihre Einfalt. Eheleute
von Stande dürfen sich's in Beyseyn andrer nie
merken lassen, daß sie's sind. Ihr gegenseitiges
Betragen muß fremd und zurückhaltend seyn.

H. Reichert. Das ist sonderbar! Wir sind aber
doch verheyrathet.

Fr. Reichert. Ja leider! Ich würde mich aber
gewiß nie entschlossen haben, Ihre Gemahlin zu
werden, deckte Ihr vieles Geld Ihre Gebrechen
nicht zu.

H. Rei

H. Reichert. (wehmüthig) Sie lieben mich also nicht?

Fr. Reichert. Ha, ha, ha! Ich Sie lieben? Was für ein abgeschmackter Gedanke! Haben Sie doch die Güte sich im Spiegel zu besehn. In der That, Sie tragen von nichts so viele Aehnlichkeit an sich, als von einem angefüllten Geldsacke.

H. Reichert. Sie thun mir unrecht. — Ach wüßten Sie, wie sehr ich Sie liebe. Wenn ich's Ihnen nur so recht sagen könnte, wie mir's ums Herze ist.

Fr. Reichert. Geben Sie sich keine Mühe. Ich erlaub' es Ihnen recht gern, mich zu lieben, wenn Sie Vergnügen daran finden. Nur bitt' ich, behalten Sie Ihre Liebe bey sich und quälen Sie mich nicht mit der Forderung, Sie wieder zu lieben. Eine Frau, die Welt hat, kann unmöglich ihren Mann lieben, sey er auch so schön wie ein Engel.

H. Reichert. (will ihr eine Karesse machen) Ach Herzchen, wenn du mir ein Bischen Liebe gäbst, wär ich der glücklichste Mann auf Gottes Erdboden.

Fr. Reichert. (zornig) Mein Herr, Sie vergessen sich.

H. Reichert. (sich furchtsam zurückziehend) Verzeihn Sie. Ich werd es nicht wieder thun.

Fr. Reichert. Wollen Sie klug seyn, so erinnern Sie sich dieses Versprechens recht oft.

H. Reichert. Ich unglücklicher Mann! — Wenn Sie mich nicht lieben, so seyn Sie doch nur wenigstens nicht bös.

Fr. Rei-

Fr. Reichert. Sie können Ihr Vergehn wieder gut machen und vielleicht noch eine freundliche Miene von mir erhalten, wenn Sie mir sogleich hundert Louisd'or geben.

H. Reichert. Hundert Louisd'or? das ist entsetzlich vieles Geld.

Fr. Reichert. Ja, für einen Knicker wie Sie sind. Ich verlor gestern so viel auf eine Karte.

H. Reichert. Sie werden mich zum armen Manne machen. Bedenken Sie die nahrlosen Zeiten.

Fr. Reichert. Schon wieder Ihre alte Klage! Es ist ein Sprüchelchen, das alle Kaufleute auswendig gelernt haben.

H. Reichert. Ach, mich zwingt die Noth dazu.

Fr. Reichert. Wer nicht von Ihrem abscheulichen Wucher unterrichtet wäre, würde diese Lüge für Wahrheit halten — (nachdrücklich) Entweder die hundert Louisd'or, oder meinen Zorn.

H. Reichert. Ach, den ums Himmelswillen nicht. — Aber funfzig Stück werden wohl auch hinreichend seyn?

Fr. Reichert. Nun zweyhundert, um Ihren Geiz zu bestrafen.

H. Reichert. Ach, wo soll ich die hernehmen?

Fr. Reichert. (wirft ihm einen zornigen Blick zu und will gehen) Erwarten Sie nie ein freundliches Gesicht.

H. Reichert. Nu! So warten Sie doch nur! Ich will nur erst sehen, ob ich so viel zu Hause habe.

Fr. Rei=

Fr. Reichert. Machen Sie kurz; denn ich habe Eile. Ich bin zu einer Spielparthie gebethen, die ich unmöglich versäumen kann.

H. Reichert. Nu Gott sey mir gnädig! Das Geld wird wohl auch in ein paar Stunden wieder verthan seyn! —

Fr. Reichert. Halten Sie Ihr Maul; das Geld ist jetzt mein, und ich kann also darüber disponiren, wie es mir beliebt. Ach sieh da! der Kriegsrath! — Wie gerufen! Du wirst mir den Arm reichen, und mich zu meiner parthie de plaisir begleiten!

Sechster Auftritt.

Vorige. Karl.

Karl. Liebe Mama, ich bin so eilig, daß —

Fr. Reichert. Du mir die Hand zu küssen vergißt? — Dein Judenmädchen wird Dich wohl nicht erst darum bitten müssen?

Karl. (mit Nachdruck.) Mutter! (Faßt sich.) Ich bat Sie schon oft, das liebe Mädchen gar nicht zu erwähnen, oder auf so eine Art, wie es ihre Verdienste verlangen.

Fr. Reichert. Ha, ha, ha, ein gemeines Judenmädchen Verdienste.

Karl. (bitzig.) O Verdienste, die Sie und ich nicht nach ihrem Werthe zu schätzen im Stande sind.

Fr.

Fr. Reichert. Der Herr Sohn sind sehr höflich.

Karl. Weil mir Wahrheit mehr als Schmeicheley gilt. (Etwas gelassen und gerührt.) Mutter, Sie thun meinem Herzen so weh, wenn Sie eine Person herabsetzen, die ich liebe, die ich verehre.

Fr. Reichert. In der That, Du konntest keine bessre Wahl zum Gegenstande deiner Liebe treffen.

Karl (mit Entzückung.) O! eine Wahl, mit der ich mich vor der ganzen Welt brüste. Einem jeden möcht' ich sagen: seht, seht, das ist das vortrefliche Mädchen, das mich durch ihre Liebe zum glücklichsten Manne macht. Zeigt mir ihres Gleichen an Schönheit und Tugend.

Fr. Reichert. Ein sehr feuriger Liebhaber. — Ich habe die gute Hoffnung, die Decke wird Dir von Augen fallen.

H. Reichert. Das gebe der Himmel! Mir läuft allemal ein kalter Schauer über, wenn ich bedenke, daß sich mein Sohn in ein Judenmädchen vernarrt hat. Ich kann in meinen Geschäften kein Gedeihen haben. Die Juden sind nun mal das Volk, an dem der liebe Gott seinen Zorn ausläßt. Sie sind alle, alle Betrüger, Spitzbuben, Wucherer.

Karl. Vater, halten Sie ein. Menschen lästern, ist Gotteslästerung.

H. Reichert. Ja, ja, Dich wird der Himmel strafen, daß Du mit solchem Gesindel Gemeinschaft hast. Und wenn Du Dich noch länger mit dem Mädel schleppst, so enterb' ich Dich.

Fr.

Fr. Reichert. Ein sehr kluger Streich!

Karl. O behalten Sie Ihren Reichthum. Mit
gutem Gewissen werd' ich ihn so nicht geniessen können.

Fr. Reichert. Ihr Sohn ist stark in seinen Aus-
brücken.

H. Reichert: Du vergißt, daß ich Vater bin.
— Aber Du lebst auch so nach der neumodischen
Welt. Da bekümmert sich der Sohn viel um den
Vater.

Karl. Wehe dem Sohne, der zu den Ungerechtigkeiten seines Vaters schweigt!

H. Reichert. Es kann nicht anders kommen.
Es hat ja niemand mehr Religion. Da führen sie
die sündliche Rede, die Juden wären so gut Menschen als die Christen. Es ist aber nicht wahr.

Karl. Nun dann, Vatter, so beschäme Sie
das Beyspiel unsers grossen Königs. (überreicht ihm
ein Papier.) Er hat mir die Erlaubniß gegeben,
die Tochter eines Juden zu meiner Gattin zu wäh-
len.

H. Reichert (liest.)

Fr. Reichert. Ich bin ausser mir! Sogar ein
eheliches Band wollen der Herr Sohn mit dieser
Ebräischen Schönheit knüpfen?

Karl. Um durch unzertrennliche Bande ihr und
mein Glück zu befestigen.

Fr. Reichert. Bis itzt hielt ich's nur für eine
zeitverkürzende Liebesintrige. Und dazu ist auch eine hübsche Jüdin zu gebrauchen. Ich freute mich

L 4   im

im Grunde aufrichtig, daß mein Sohn an solchen
Sachen Geschmack fand, daß er Welt verrieth.

Karl. Diese Freude entehrte Sie und mich.

Fr. Reichert. Still, tugendhafter Jüngling,
mit Ihrer Moral.

H. Reichert. Ach, ich geschlagner, ich unglück=
licher Vater! Was willst Du machen? Eine Jüdin
zu heyrathen. Gottes Zorn wird Dich treffen. Du
bist nicht mein Fleisch und Blut. Ich enterbe
Dich.

Fr. Reichert (bey Seite,) Ein grosser Vortheil
für mich. — Machen Sie doch darüber nicht so
viel Geschrey. Will sich Ihr Sohn so wegwerfen,
nun gut! es ist seine Sache.

H. Reichert. Nein, ich kann's nicht geschehn
lassen. Ich gehe zum König. Thu ihm Vorstel=
lungen.

Karl. Verlorne Mühe, Vater. Er ertheilte
diese Erlaubniß. Ein weiser Fürst kann nie wider=
rufen.

H. Reichert. Wenn nur das Mädchen noch
Vermögen hätte. Da wolt' ich mir's doch noch ge=
fallen lassen. Aber Wolf handelt gar nicht mehr.
Und was er hat, sind zwanzig tausend Thaler, die
er von einem Vetter erbte.

Karl. Um glücklich zu seyn, muß man kein
Geld haben.

H. Reichert. Was das für gottlose Grundsätze
sind!

Fr. Reichert. Ihr Herr Sohn gehört zu den
empfindsamen Mondguckern, die in einer schlechten

Hütte,

Hütte, — mit gemeinen Leuten, unter schattichten
Bäumen, am rieselnden Bache von der Liebe leben.
Lassen Sie ihm seinen Willen. Hat er nur in etlichen Schäferstunden seinen Hunger gestillt, so
wird er von seinem Taumel schon zurückkommen.
(gegen Karln spöttisch mit einer Verbeugung.) Herr
Sohn, ich wünsche Ihnen eine rechte süsse Braut-
nacht mit Ihrer schönen Jüdin.

(geht ab).

Siebenter Auftritt.

Herr Reichert. Karl Reichert. Johann.

Karl. (mehr für sich.) Gott, das ist meine
Mutter!

Johann (zu Herrn Reichert.) Es ist ein Frem-
der da, der mit Ihnen zu sprechen verlangt. Er
sagte, es wäre dringend.

H. Reichert. Vielleicht will er Geld umsetzen.
Führt ihn hurtig herein.

(Johann ab; Karl will gehen, stutzt aber wie er
Grossen gewahr wird, und bleibt.)

Ach-

Achter Auftritt.

Grosse. Die Vorigen.

H. Reichert. Was steht zu Diensten?

Grosse. Eine sehr wichtige Angelegenheit treibt mich zu Ihnen.

H. Reichert. Desto einträglicher wird sie seyn. — Nehmen Sie Platz. (Sie setzen sich.) Vermuthlich Handlungsgeschäfte?

Grosse. Nichtsweniger als dies.

H. Reichert (steht auf.) So mach' Er kurz, guter Freund. Ich habe nicht viele Zeit.

Karl (heimlich zu seinem Vater.) Sie verkennen den Mann. Es ist ein Geistlicher.

H. Reichert. Was geht mich das an! Wenn er nicht Handlungsgeschäften mit mir abzumachen hat, so kann er seine Wege gehn.

Grosse. Sie haben eine Forderung von zweyhundert Thalern an den Bauer Werner . . . . . .

H. Reichert (höflicher und hastig.) Wollen Sie sie vielleicht bezahlen?

Grosse. Ich würde es mit Freuden thun, wär' es in meinen Kräften. Aber dem Stande, in dem ich mich befinde, ist das Glück nicht aufbehalten, unmittelbar wohl zu thun.

H. Reichert. Nu sag' Er mir nur, was Er eigentlich will.

Karl (heimlich.) Vater!

Grosse (mit Bedeutung.) Ich bitte um Höflichkeit. — Werner ist nicht vermögend, Sie unter einem
nem

nem Jahre zu bezahlen. Nicht seine Schuld ist's.
Wetterschaden hat seine schönsten Hoffnungen verei=
telt.

H. Reichert. Lügen! Ausflüchte! So sprechen
alle böse Schuldner.

Grosse. Der er nicht ist. Er hat ein hohes
Alter und beschämt manchen Jüngling durch seine
Arbeitsamkeit, um sich redlich zu nähren. Und
würden Ehrenstellen rechtschaffnen Männern ertheilt,
so verdiente er die erste im Staate, statt ein Bauer
zu seyn.

H. Reichert. Ey meynetwegen mag er sonst
was verdienen! Wenn er mich nur bezahlte. Schon
vor vier Tagen ist der Wechsel gefällig gewesen.
Hätt' ich's Geld, wie viel würd' ich nicht schon da=
mit verdient haben. Das muß ich nun auch ein=
büssen. Ich bin noch viel zu nachsichtig gegen den
lüderlichen Kerl.

Grosse. Keinen Angrif auf seine Ehrlichkeit. Ich
wünschte, ich könnte, für seine Schuld so bürgen,
als für diese, ich wollte nicht hier bey Ihnen um
Mitleid flehen.

H. Reichert. Sag' Er mir nur, was Er für
ein Recht dazu hat, Sich in meine Angelegenheiten
zu mengen?

Grosse. Das Recht, das ein jeder Mensch hat,
seinem bedrängten Bruder zu helfen. Und noch eins,
das mir mein Fürst gab, da er mir die Stelle eines
Priesters in dem Dorfe auftrug, wo Werner sein
Gütchen hatte.

Herr

H. Reichert. Herr, nehm' Er mir's nicht übel. Er hat zu predigen und Sich um nichts weiter zu bekümmern.

Grosse. (bitter) Ja, wenn ich meinen Herrn Kollegen ähnlich seyn wollte. —

Karl. (heimlich.) Um Gotteswillen, Vater, behandeln Sie den Mann besser. Länger schon' ich Sie nicht.

Grosse. Ich bitte, ich beschwöre Sie, sehn Sie dem ehrlichen Werner nur noch ein Jahr nach.

H. Reichert. Nicht einen Tag.

Grosse. Aber welch eine Kleinigkeit sind für Sie nicht zweyhundert Thaler.

H. Reichert. Das denkt Ihr Schwarzröcke. Das Geld wird einem gar sauer zu verdienen. Und dann wird man auch noch von bösen Leuten darum betrogen.

Grosse. Dies wird Werner nicht thun. Nur sein Tod kann Sie um diese kleine Summe bringen.

H. Reichert. Da wollen wir schon vorbauen. Noch heut will ich zu meiner Bezahlung kommen.

Karl. Ich dächte doch, lieber Vater, Sie gäben dem armen Werner Nachsicht.

H. Reichert. Ja Du bist auch so feiner Zeisig, der's Geld für nichts ansieht, und einem Bettler wohl acht Groschen zuwirft. Geld ist's Beste auf der Welt. Wer das nicht hat, ist in meinen Augen ein Taugenichts. — Entweder Werner bezahlt mich heut noch, oder marschirt in's Gefängniß.

Grosse (reicht ihm Geld.) Hier mein Herr, nehmen Sie drey Louisb'or. Es ist mein ganzer Reichthum.

thum. Gedulden Sie Sich doch wenigstens ein hal=
bes Jahr.

Karl (schließt Grossen feurig in seine Arme.)
O Herr, was sind Sie für ein Mann! An dem
Wohl andrer solchen Antheil zu nehmen. Darum
mit Gelassenheit Kränkung zu ertragen. — Wollen
Sie nicht mein Freund seyn?

Grosse. (verlegen.) Sie halten meine Pflichten
für Großmuth. Sie beschämen mich.

H. Reichert. Was sind das für Narrenpossen!
Da stehen die Affen und umarmen sich. — Geben
Sie die fünfzehn Thaler her. Auf Abschlag will
ich sie wohl annehmen. Aber ich muß heut dennoch
ganz befriedigt werden.

Karl. Genug! Ihre Härte geht zu weit.
(Zu Grosse.) Ich nehme diesen unglücklichen Schuld=
ner in meinen Schutz.

Grosse. Ich bin Ihr Freund.

H. Reichert. Ha, ha, ha. Das ist mir lä=
cherlich mit deinem Schutznehmen. Ich habe mei=
nen Wechsel und damit holla. — Entweder ich krie=
ge zweyhundert Thaler Kapital, und vierzehn Tha=
ler, dreyzehn Groschen, acht Pfenninge Interesse,
oder Musje Werner muß in's Loch.

Karl. Vater, sehn Sie mich als den Schuld=
ner dieser Summe an. In wenigen Wochen sollen
Sie bezahlt seyn.

H. Reichert. Bist Du toll? Zweyhundert Tha=
ler willst Du für einen fremden Menschen wegwer=
fen? Das heiss' ich mir Einfalt! Daraus wird eben
so wenig was. — Und ich bin das Geschwätz satt.

(zu

(zu Grosse.) — Herr, es würde mir lieb seyn, wenn Er mich allein ließ.

Karl. (zu Grossen.) O diese Beleidigungen thun mir weh!

Grosse. Ihr Vater kann mich nicht beleidigen. Auch verzeih ich ihm alles um Ihretwillen.　(ab.)

Neunter Auftritt.

Herr Reichert. Karl Reichert.

H. Reichert. Ein wunderlicher Mensch! Kann sich da für einen elenden Bauer solche Mühe geben.

Karl. Sie wollen also meine Bitte nicht erhören, wollen dem armen Werner nicht Zeit zur Erstattung des Gelds geben? Eigentlich sollten Sie ihm die ganze Summe schenken.

H. Reichert. Ne, sag mir nur, was Du denkst? Es ist auch Dein Schade, wenn ich die Schuldforderung einbüsse. — Und kurz und gut, ich muß und soll heut noch bezahlt seyn.

Karl. Ich bitte um Ihre Enterbung. Ihr Reichthum ist Sündengeld. Die Tochter des edlen Wolfs wird in wenig Tagen meine Gattin. Bey diesem werd' ich Hülfe wider Ihre Unbarmherzigkeit finden.

(Schnell ab.)

Zehn=

Zehnter Auftritt.

Herr Reichert (allein.)

Geh du nur. Mein Plan wird schon gelingen.
Das Gütchen wird mein. — Dann will ich ein
recht schönes Landhaus hinbauen. — Wie wär's,
wenn ich itzt hinausführe und dem Bauer die Hölle
heiß machte? — Ein guter Einfall! — Ich muß
doch mein liebes Weibchen fragen, ob sie mir die
Freude machen will, und mich begleiten: (ab)

Elfter Auftritt.

(Wolfs Zimmer.)

Wolf. Friedrich. (treten auf.)

Wolf. Es ist doch niemand da gewesen?
Friedrich. Niemand.
Wolf. (giebt ihm Hut und Stock.) Hier. (es
wird gepocht) Man pocht. Laß herein.

Zwölf=

Zwölfter Auftritt.

Grosse. Die Vorigen.

(Stumme Komplimente zwischen Wolf und Grosse.)

Wolf. (zu Friedrich.) Stühle! (Friedrich setzt sie und geht ab.) Was ist Ihr Anliegen? Womit kann ich Ihnen dienen?

Grosse. Mit der Hülfe für einen Unglückli=chen.

Wolf. Wenn er sie verdient, so können Sie meines Beystandes versichert seyn.

Grosse. Er verdient ihn.

Wolf. O so eilen Sie, mir seine Noth zu ent=decken.

Grosse. Ein rechtschaffner Bauer in dem Dorfe Hahne, wo Sie schon so viele Proben Ihrer Men=schenliebe gegeben haben, ist an den Banquier Rei=chert zweyhundert Thaler schuldig. Er würde ihm, zur gehörigen Zeit, seine Schuld ersetzt haben, hät=ten ihn nicht Wetterschaden und Miswachs so sehr heruntergebracht. Der geldgierige Reichert will sei=nen Vorschuß haben, oder den siebzigjährigen Greis in's Gefängniß werfen lassen.

Wolf. Hart, sehr hart! — Und in welchen Verbindungen stehn Sie mit diesem Manne, daß Sie so eifrig für sein Bestes sorgen? — Sie wer=den mir diese Frage verzeihn?

Grosse. Die Sie thun müssen. Ich bin der Geistliche des Orts.

Wolf.

Wolf. (erstaunt) Ein Geistlicher!

Grosse. Warum diese Bestürzung? Ist es Ih=
nen von diesen so ungewohnt gute Handlungen zu
sehen?

Wolf. Wenn ich darauf mit Ja antwortete,
könnte man's für Ausbruch des Hasses nehmen. Der
Grund meiner Bestürzung, ist das Ausserordentliche,
daß ein christlicher Priester es wagt, zu einem Ju=
den zu kommen.

Grosse. Ich dächte, eben dieser sollte durch sein
Beyspiel zeigen, was recht ist?

Wolf. Edle Gesinnungen. — Nun würd' ich
dem Unglücklichen schon seines Fürsprechers wegen
helfen. — Zweyhundert Thaler, sagten Sie, ist
die Schuldforderung?

Grosse. Zweyhundert Thaler. Sein Gütchen
ist nicht gering. Nur Tod oder neues Unglück
würde die Wiedererstattung der Summe in einem
Jahre hindern.

Wolf. Wenn muß er das Geld haben?

Grosse. Herrn Reicherts Geiz macht es noch
heut nothwendig.

Wolf. Er soll es haben. — Aber könnt' ich
den Mann nicht sprechen? Es ist so eine meiner
Grillen, die Menschen genauer kennen zu lernen,
denen ich eine Wohlthat erweise. — Halten Sie's
ja nicht für Mißtrauen. Das findet hier gar nicht
statt, da Sie (er faßt ihn bey der Hand) der Bürge
von des Unglücklichen Rechtschaffenheit sind.

M   Grosse.

Groſſe. Das Lob eines ſolchen Mannes, wie Sie ſind, abzulehnen, würde affeckirte Beſcheiden= heit ſeyn.　Und Ihre Grille iſt löbliche Vorſicht.

Dreyzehnter Auftritt.

Karl Reichert. (tritt haſtig auf) Die Vorigen.

Karl. (zu Wolf.) O mein Vater, können Sie mir nicht dieſen Augenblick zweyhundert Thaler, auf wenige Wochen borgen.　Das Glück eines Men= ſchen hängt von Ihrer Güte ab. Ach, daß ich nicht reich bin!

Groſſe. Vortrefflicher Jüngling, Sie ſind's an Tugend und Ihr Vater iſt's an Gelde. — Zu Ih= rer Beruhigung kann ich Ihnen ſagen, dem armen Werner iſt geholfen.　Dieſer Edelgeſinnte wird ſein Retter.

Karl. Sie hier? — Ihre Tugend muß man anſtaunen.　Theurer Vater, dies iſt ein Lehrer mei= nes Volks.　Er kann den Nahmen Chriſt wieder heiligen.　Um einen Bedrängten beyzuſtehn, erlitt' er mit Gelaſſenheit das entehrende Betragen meines unmenſchlichen Vaters.　Seine Bitten bewegten die= ſen nicht.　Dann eilt' er in der nämlichen edlen Abſicht zu Ihnen.

Groſſe. Sie ſind zu verſchwenderiſch mit Ihren Lobeserhebungen.　Sie vergeſſen Sich darüber.　Sie ſchützten mich vor noch härterer Begegnung Ihres

Va=

Vaters, flehten mit mir um Nachsicht für Wernern,
und kamen auch, um seinetwillen hier her.

Wolf. Ein herrliches Schauspiel, zwey Men=
schen zu sehn, die wetteifern, welcher von beyden
edel gehandelt hat. Ich will den Streit entscheiden.
Ihr seyd beyde gleich tugendhaft und meine Freun=
de. — Doch Sie werden's, oder dürfen's wenig=
stens nicht von einem Juden seyn?

Grosse. Ich bin jedes Redlichen Freund. Der
Name seiner Religion kümmert mich nicht.

Wolf. Was werden Sie aber wohl dazu sagen,
daß dieser brave junge Mann meine Tochter, eine
Jüdin, sich zur Gattin erkohren hat?

Grosse. Daß er ein seltenes, aber nachahmungs=
würdiges Beyspiel eines Menschen ist, dem Glück=
seligkeit mehr gilt als das falsche Urtheil der Welt.
Denn Sie konnten nur eine liebenswürdige Tochter
erziehen.

Karl. O, Sie ist ein Engel! Schön und gut.

Wolf. Da können Sie sehn, ob der Liebhaber
nicht zu viel gesprochen hat.

Vierzehnter Auftritt.

Marie. Die Vorigen.

Wolf. (freundlich zu Marie) Zieht der Magnet,
gutes Kind?

Marie. Wenn der Bräutigam nicht zur Braut
kommt, muß ja wohl diese etwas von den weibli=
chen Rechten nachgeben.

M 2 Karl.

Karl. (küßt sie) Wie reizend!

Wolf. Karl hat jetzt wichtigere Geschäfte, als mit dir zu kosen. (zu Grosse) Wie wär's, wenn wir alle zusammen hinaus zu dem alten Werner führen.

Grosse. Wir haben gewiß keine Zeit zu verlieren. Ich befürchte von Herrn Reicherts Unbarmherzigkeit alles. (zu Karl) — Sie verzeihen mir. Ich heuchle nicht.

Karl. O weg mit dieser Entschuldigung zwischen Freunden.

Wolf. (ruft) Friedrich! Friedrich! (Friedrich tritt auf) Hurtig einen Wagen. (Friedrich ab)

Marie. Und warum dies alles?

Wolf. Kommt nur, kommt Kinder. Mit Hilfe muß man nicht zaudern. Im Wagen sollst du alles erfahren. — Du mußt auch mit, lieber Karl.

Karl. (Marien bey der Hand nehmend) Ich könnte nicht zurückbleiben.

Wolf. Das wird eine Freude seyn, wenn sich der gute Mann auf einmal aus aller Noth sieht.

(alle ab)

Ende des zweyten Aufzugs.

———

Drit=

Dritter Aufzug.

Erster Auftritt.

(Stube in Werners Behausung)

Werner. Anne. (beyde sitzend; Anne spinnt.)

Anne.

Nicht wahr, Vater, nun ist Dir besser?

Werner. Um vieles. Der Schlaf hat mich recht erquickt. Er war so ruhig, als hätt' ich keine Leiden.

Anne. Wir werden auch keine haben, da unser redlicher Pfarrer für uns sorgt.

Werner. Du machst Dir zu sichre Hoffnung.

Anne. Wer wollte den Bitten eines solchen Mannes was abschlagen.

Werner. Ja, wenn's nicht auf Geld hinaus: liefe. Das schmeissen die vornehmen Leute mit Hau: fen aus Ueppigkeit weg. Aber einen Armen zu hel: fen, da geben sie niche gern einen Groschen aus.

Anne. Auf der Fürbitte eines Mannes, wie Grosse ist, muß Gottes Segen ruhen.

Wer=

Werner. Es ist wahr, es ist ein Herzensguter Mann. Ich glaube, wenn alle Geistliche so wären, es würde mehr Frömmigkeit unter den Leuten seyn. Ein gutes Beyspiel ist die beste Lehre, sagt das Sprüchwort.

Anne. Ja, das beweist unser Dörfchen. In der ganzen Gegeud umher geht's hier am ordentlichsten zu. Ehe der gute Grosse unser Pfarrer ward, da weißt du, waren hier alle Laster im Schwange. Es ward gespielt, gesoffen und Unzucht getrieben. Aber der liebe Mann hatte nur ein paarmal gepredigt, so ward' alles auders. Der vorige Pfarrer spielte wohl ganze Nächte mit den Bauern, und trank sich auch bey den Hochzeiten sein Räuschchen.

Werner. Und was der Mann für Predigten hält! Wie er uns immer die Welt so schön beschreibt und uns Menschenliebe lehrt. Neulich sagt' er mal Heiden und Juden wären unsre Brüder, Gott liebte sie wie uns. Sie würden so gut selig werden, wenn sie fromm lebten. Das sprach er so recht in meine Seele. Denn's will mir gar nicht im Kopf, daß der weise Gott einen Menschen zum Unglück erschaffen hat.

Anne. Da geh mal nüber auf's nächste Dorf und höre den Mann predigen. Der lermt und tobt auf der Kanzel, als wäre die Kirche ein Zuchthaus. Die Welt nennt er ein Jammerthal, und verweist die Menschen alle dort oben nauf. Hier, heißt's bey ihm, ist alles sündlich. Und doch, Vater, denk mal, alles was hier ist, ist ja Gottes Gabe. Der weiß nichts davon, daß die armen Heiden und Ju-

den

den selig würden. Alle, alle müßten sie in die
Hölle wandern.

Werner. Ich will wünschen, daß ihm der liebe
Gott mal gnädig ist. Verdient hat er's nicht.
Sein Vater war ein gemeiner Taglöhner. Aus
Schwachheit des Alters konnt' er nicht mehr arbeiten. Glaubst du wohl, daß sich der Sohn seiner
annahm? Nein! Der kranke Greis würde verhungert seyn, wenn die Obrigkeit nicht endlich, da er
schon mit dem Tode rang, für ihn gesorgt hätte.

Anne. Das ist unerhört! Würd' es für Lügen
halten, wenn du's nicht sagtest.

Werner. Sieh mal zu, Mutter. Es pochte.

Anne. (steht auf und geht an die Thüre) Ein armer Mann. — Kommt herein. Ich will Euch ein
Stückchen Brod geben.

Zweyter Auftritt.

Ein Bettler. Die Vorigen.

Bettler. (trägt den rechten Arm in der Binde)
Wollt Ihr nicht so gut seyn, Ihr lieben Leute, und
mir einen einzigen Schluck Bier geben? Ich habe
einen entsetzlichen Durst.

Werner. Bier und Brod sollt Ihr haben, so
viel Ihr wollt. — Hol doch, Mutter.

Anne. Ich geh schon.

Werner. Ihr seyd wohl krank?

Bettler. Sehr krank.

Werner. (holt ihm eine Bank) Da setzt Euch
und ruht ein bischen aus.

M 4   Anne.

Anne. (mit Bier und Brod) Nu trinkt und esset.

Bettler. (trinkt) Das ist Erquickung! Dank Euch, dank Euch recht sehr.

Anne. Wollt Ihr's Brod nicht?

Bettler. Wenn Ihr's mir mitgeben wollt. Es soll mein Abendbrod werden. Dank Euch von ganzen Herzen. (will fort)

Werner. So ruht doch noch ein wenig aus. — Sagt mir, guter Freund, Ihr scheint mir eigentlich noch sehr jung zu seyn? Eine Krankheit mag Euch wohl so herunter gebracht haben?

Bettler. Das hat sie. Ich bin erst vier und zwanzig Jahr alt.

Werner. Guter Freund, wenn sich's thun läßt, so erzählt mir doch euren Lebenslauf.

Bettler. Von Herzen gern. Er ist kurz, aber traurig. Ich bin von armen Eltern geboren. Sie starben, da ich vier Jahr alt war. Ich lernte die Kaufmannschaft. Vor einem halben Jahre hatt ich das Unglück, da ich meinem Herrn Waaren zulangte, von der Leiter zu fallen und den rechten Arm zu brechen. Mein Herr nahm sich meiner nicht an. Ich mußte aus dem Hause. Schlechte Wartung war die Ursache, daß der Brand am gebrochnen Arme es nothwendig machte, mir die Hand abzulösen. Ich bin von allem entblößt. Einen reichen Bruder hab' ich, der könnte mir helfen, wenn er wollte.

Werner. Guter Freund, wenn ich die Hütte nicht selber verlassen muß, so sollt Ihr hier einen Bruder an mir finden. — Mutter, so viel wird's

im=

immer noch abwerfen, daß wir den Armen da er=
nähren können.

Anne. Wir können's ja uns abdarben, Vater.

Bettler. Nein, ich mag niemanden zur Laſt
fallen. Wenn meine Geſundheit wieder hergeſtellt
iſt, will ich ſchon ſehen wie ich mir forthelfe. Hab'
ich gleich nur einen Arm, ſo hab ich doch noch zwey
Beine.

Werner. Ihr müßt wenigſtens bey uns blei=
ben, bis Ihr völlig wieder geſund ſeyd. Ich und
mein Weib wollen Euch ſchon pflegen. — Ach Mut=
ter, nun wünſch ich's noch eifriger, daß der Kauf=
mann Barmherzigkeit hätte. — Horch mal, Mut=
ter! Es war mir, als käm' ein Wagen in den
Hof rein gefahren.

Anne. (ſieht zum Fenſter hinaus) Vater, Vater,
es iſt Herr Groſſe mit noch vielen Leuten.

Bettler. (will gehen)

Werner. Nein, nein, Ihr bleibt und wenn der
Pabſt käme. Ich ſchäme mich Eurer Geſellſchaft
nicht.

Dritter Auftritt.

Groſſe. Wolf. Karl Reichert. Die Vo=
rigen.

Groſſe. (eilt auf Wernern zu) Es iſt Euch ge=
holfen.

Werner. Anne. (zugleich) Ach! lieber, be=
ſter — —

M 5   Groſſe.

Grosse. Mir gebührt nicht der Dank (auf Wolfen zeigend) Dieser Menschenfreund ist Euer Retter.

Werner. Ach lieber Herr, womit hab' ich das verdient, daß Sie Sich meiner annehmen wollen da ich Ihnen ja ganz fremd bin.

Wolf. Mir ist kein Mensch fremd, wenn er meines Beystandes bedarf. Ich bin mit meinen Wohlthaten nicht verschwenderisch, helfe nur rechtschaffnen Unglücklichen. Dieser würdige Geistliche sagte mir, Ihr wär't ein solcher. Lügen kann der Mann unmöglich.

Werner. Nein, er kann es nicht. — Arm bin ich. Aber Gott weiß es, daß ich in meinem Leben keinen Schelmstreich begangen habe. Ich und mein Weib wollen arbeiten, was wir nur können, damit wir wenigstens in einem Jahre im Stande sind, Ihnen alles wieder zu bezahlen.

Anne. Ja lieber Herr, das wollen wir gewiß. Und der liebe Gott wird uns auch nicht eh'r von der Welt nehmen, bis wir Ihnen nichts mehr schuldig sind.

Wolf. Ihr guten Leute glaubt vielleicht mit Euern Mitmenschen, ein Jude könnte nicht uneigennützig handeln?

Werner. Nein, das glaub' ich nicht. Unser Herr Pfarrer da hat mich gelehrt, daß es nicht nur unter den Christen gute Menschen giebt.

Wolf. (zu Grosse) Gott wird Ihnen den Lohn für diese Lehre im Himmel geben. — Ich leih' Euch die zweyhundert Thaler ohn' alle Interesse.

Ihr

Ihr bezahlt mir sie in kleinen Posten nach Eurer
Bequemlichkeit wieder. Wär' ich reich, so schenkt'
ich sie Euch ganz.

Werner und Anne. (auſſer ſich zugleich) Lieber beſter Herr — das iſt zu viel.

Wolf. Nichts weiter davon. — Nun müßt
Ihr ja auch erfahren, was für hohe Herrſchaften
Ihr bey Euch habt. Ich bin Wolf, ein Jude. Wie
Ihr wohl aus meinem Barte werdet geſehn haben,
wenn Ihr's ſonſt noch nicht gemerkt hättet. —
Das iſt (auf Marien zeigend) das iſt — noch im-
mer meine Tochter.

Anne. (will Marien die Hand küſſen; Marie läßt
es aber nicht zu, ſondern küßt ſie auf den Mund)
Ach, gar ein liebes Kind!

Wolf. Ja, das iſt ſie. — Der junge Mann
da mit der offnen biebern Miene und dem gutgemach-
ten Körper — was dünkt Euch dazu — will mein
Schwiegerſohn werden?

Anne. Das wird ja ganz ein allerliebſtes Pär-
chen.

Wolf. Aber iſt's nicht entſetzlich, ein Chriſt will
eine Jüdin heyrathen?

Werner. Hm! ich ſollte meynen, die Jüdin
wurde ja auch erſchaffen, um glücklich auf dieſer
Welt zu ſeyn.

Wolf. Brav gedacht! — Aber ſagt mir, wer
iſt denn der Patron da?

Werner. Es iſt ein Armer. Ich gab ihm ein
wenig Brod und Bier. Er ſoll bey mir ein bischen
ausruhen. Er war ſo ſehr müde.

Bett-

Bettler. (kommt hervor zu Wolfen) Ach, mein Herr, ich bin krank. Die guten Leute wollen in ihrem Hause für meine Genesung Sorge tragen.

(Alles schweigt gerührt still.)

Wolf. Selbst arm und doch milbthätig. Lieber Grosse, das ist keine gemeine Tugend.

Grosse. Aber wahre Tugend.

Karl. (sieht aus dem Fenster) So eben kommt mein Vater gefahren.

Wolf. Der Mann hat starken Geldhunger — (zu Werner und Annen) Erschreckt nicht, lieben Leute. Hier ist (auf die Tasche schlagend) womit man den Tiger zahm macht. — Da ersparen wir das Hineinschicken.

Vierter Auftritt.

Herr Reichert. Frau Reichert. (Ein Bedienter öffnet die Thür, zwey folgen.)
Die Vorigen.

Fr. Reichert. (im Auftreten) O mein Gott, hätt' ich mich nur nicht bereden lassen, mit Ihnen zu fahren. Wo man hintritt macht man sich schmuzig. Wie übel das hier riecht. Wenn ich nur nicht ohnmächtig werde.

H. Reichert. Ach um's Himmelswillen nicht!

Bettler (tritt zurück) Gott! mein Bruder.

Fr. Reichert. Ha! sehen Sie doch, was hier für eine ausgesuchte Gesellschaft versammlet ist. Unser

ser würdiger Sohn mit seinem trauten Judenmädchen.

Karl. Mutter, sie wird meine Gattin.

Fr. Reichert. Aber nie meine Tochter.

Wolf. (zu Karln und Marien) Bleib' ich doch
Euer Vater.

Marie. Und ein guter Vater.

Fr. Reichert. Ha, ha, ha, sehr rührend, in
der That!

H. Reichert. (zu Karln) Aber sag mir, was
Du hier zu schaffen hast?

Karl. Sie sollten Sich freuen, Vater, Ihren
Sohn unter lauter redlichen Menschen zu erblicken.
So viele auf einem Haufen ist ein seltner Fall.

Fr. Reichert. Ihr Sohn ist ein grosser Liebhaber der rohen Natur.

H. Reichert. Ist der alte Graukopf der Werner
auch ein redlicher Mann? Er borgt und bezahlt
nicht.

Wolf. Herr Reichert, Ihr Geld zu fordern, dazu sind Sie berechtigt. Aber hüten Sie
Sich dem rechtschaffnen Werner nur eine Beleidigung
zu sagen.

H. Reichert. Mit Euch Judengeschmeisse mag
ich gar nichts zu schaffen haben. Euch hat Gott ver-
worfen. Man muß Euch nicht zu nahe kommen.

Karl. (zu Wolf) Verzeihn Sie.

Wolf. O, dergleichen Schmähungen ist ja ein
Jude gewohnt. — Ich will ihn bald fortschaffen.

Fr. Reichert. (zu ihrem Manne) Ich dächte,
der Herr Gemahl suchten Ihren Aufenthalt in die-
                                                    sem

sem ſtinkenden Loche, bey dem gemeinen Volke ab-
zukurzen.

H. Reichert. Wie Sie befehlen (zu Werner)
Nu, wie ſtehts, konnt Ihr mich bezahlen? Sonſt,
marſch in's Gefangnis.

Wolf. Wie ſtark iſt Ihre Forbrung?

H. Reichert. Ich hab's ja ſchon geſagt, ich
will mit Euch nichts zu thun haben.

Werner. Der liebe Mann wird meine Schuld
bezahlen.

H. Reichert. Ja, ſo geht's wenn Ihr Euch
nicht zu helfen wiſſet, ſo laßt Ihr Euch von Juden
betrugen.

Werner. Und doch borgt mir dieſer redliche Jude das Geld ohn' alle Intereſſe.

Wolf. Ihre Forbrung will ich wiſſen.

Fr. Reichert. Aber ſagen Sie mir, ſoll ich
denn Ihres lumpichten Geldes wegen hier meine
Geſundheit und Ehre verlieren?

H. Reichert. (bey Seite) Mein Plan mißlingt.
Nun muß ich's Geld nehmen. — Hier iſt der
Wechſel. Zweyhundert Thaler Kapital, und vierzehn Thaler, dreyzehn Groſchen, acht Pfenninge,
ruckſtandige Intereſſen.

Wolf. (ſpottiſch) Sehr genau ausgerechnet.
(zeigt Wernern den Wechſel) Hat es ſeine Richtig-
keit?

Werner. Das hat es.

Wolf. (zu Reichert) So kommen Sie, ich will
Ihnen zahlen. (Indem Wolf zum Tiſche geht, eilt
Werner auf ihn zu, will ſprechen, vermag's nicht, ſon-
dern

dern druckt ihn mit seiner Rechten die Hand, und zeigt mit der Linken gen Himmel; alles ist gerührt.)

Fr. Reichert. Ha, ha, ha, die Leute spielen Komödie.

H. Reichert. Nu, was wirds? Mein Geld. Habt Ihr mir etwa den Wechsel aus den Händen spielen wollen?

Wolf. (wirft einen mitleidigen Blick auf Reichert, geht zum Tische und zahlt es im Golde auf.) Hier wird es seyn.

H. Reichert. Die acht Pfennige fehlen.

Wolf. (betrachtet alle Anwesende mit Bedeutung, die Unwillen verrathen.) Hier ist auch dies. — Und nun, Herr Reichert und Madam, wenn ich bitten darf. Wir bedürfen Erholung.

H. Reichert. Brauchen Sich nicht zu bemühen. Wir werden gehn. — Mein Sohn Du mußt mit uns.

Karl. Nein, mein Vater, mich binden hier zu schöne Fesseln.

H. Reichert. (zu Wolf) Wart nur, Euch will ich's schon gedenken, daß Ihr meinen Sohn verführt habt.

Karl. Vater, bringen Sie mich nicht dahin, daß ich's ganz vergesse, daß ich Ihr Sohn bin.

Wolf. Laß ihn schmähn, lieber Karl. Ein gutes Gewissen ist meine Vertheidigung.

Fr. Reichert. (zu ihrem Manne) Halten Sie doch Ihren Sohn nicht ab, sich mit einer so vortreflichen Familie zu verbinden. Vielleicht faßt er bald gar den rühmlichen Entschluß, selbst ein Jude

zu werden. Kommen Sie, kommen Sie. Ich halt'
es bey dem Pöbel nicht länger aus.

(Sie wollen gehn; der Bettler hält Herrn Reichert zurück.)

Bettler. Bruder Du — —

Alle. (nur Herr und Frau Reichert nicht erstaunt)
Sein Bruder!

Bettler. Bruder, Du bist hart und unmensch=
lich. Ich dachte bis itzt, Du wärst's nur gegen
mich. Aber die bewundernswürdige Redlichkeit die=
ser vortreflichen Leute kann dich nicht rühren. Fan=
ge Deine Besserung bey mir an. Erbarme dich mei=
ner. Du wirst dann auch gegen andre Menschen
gütiger denken lernen.

H. Reichert. Schöne Wirthschaft! Lüderlichen
Leuten gebt Ihr hier Aufenthalt. Wart, das soll
Euch übel bekommen.

Bettler. Bruder!

H. Reichert. Ich mag keinen Bettler zum Bru=
der.

Fr. Reichert. Vortreflich! Vortreflich! Ein
Bettler fehlte noch in die Verwandtschaft. Juden
bekommen wir. Wo ich den zerlumpten Kerl je in
unserm Hause erblicke, können Sie auf Eheschei=
dung rechnen.

H. Reichert. Seyn Sie ruhig. — Fort prü=
geln laß' ich Dich, wo Du je meine Schwelle betrittst.

(Ab mit seiner Frau.)

Bettler. Wie ich leider schon einmal die Erfah=
rung würde gemacht haben, wenn die Bedienten
nicht mitleidiger gewesen wären, als ihr Herr.

Letz=

Letzter Auftritt.

Grosse. Werner. Anne. Wolf. Marie. Karl Reichert. Bettler.

Karl. Wie, Sie sind meines Vaters Bruder?

Bettler. Ja leider! bin ich's. Der Verlust meines rechten Arms und Krankheit haben mich in diesen Zustand gebracht.

Karl. (zu Wolf) Wäre er auch keiner Hilfe werth, so bin ich doch sein Verwandter.

Wolf. Brav, lieber Karl.

Karl. Mein Vater hat Sie verstossen, ich nehme Sie auf.

Bettler. Schlechte Väter haben doch immer gute Söhne.

Karl. Vor allen Dingen müssen Sie für Ihre Gesundheit sorgen. Dann könnten Sie bis auf eine bessere Versorgung, das Amt eines Schreibers bey mir verwalten. Denn die Nothwendigkeit wird Ihnen schon den Gebrauch Ihrer linken Hand erleichtern.

Bettler. Fleiß kann alles möglich machen. Nun nehm' ich auch Ihren Beystand lieber an, da ich arbeiten soll.

Wolf. Das gefällt mir. Die Leute kann ich nicht vertragen, die sich das Gnadenbrod geben lassen. (zu Werner und Anne) Nun, Ihr Lieben, seyd Ihr doch beruhigt?

Werner. Wer wollt' es denn nicht seyn!

N

Anne.

Anne. Ach, Vater, mir fehlt nur noch eins zu meinem Glücke. Wir könnten auch so eine liebe Tochter haben, wie die herzensgute Mamsel da ist.

Werner. Sey ruhig. Es sollte nicht so seyn.

Wolf. Ihr hattet eine Tochter. Sie starb vermuthlich in ihrer Kindheit?

Werner. Ja! und einen traurigen Tod. Sie verbrannte.

Marie. Ach das unglückliche Kind!

Anne. Ich werd' es Zeit meines Lebens nicht vergessen, wie das Feuer unsre Hütte ergriff, der Vater in die Flamme sprang, um unsre Tochter zu retten und leer zurückkam. Sie war verbrannt.

Wolf. (hastig) Wie alt wär itzt Eure Tochter?

Werner. Just neunzehn Jahr. Sie war zwey Jahr alt, wie sie umkam.

Wolf. Fandet Ihr Spuren von dem verbrannten Körper.

Anne. Auch nicht die mindeste. Die Glut war zu heftig gewesen.

Wolf. Sind noch mehr Kinder bey diesem Brande umgekommen?

Werner. Keines. Ich allein ward ein kinderloser Vater.

Wolf. Sonderbare Fügung! (nimmt Marien in seine Arme und küßt sie) Meine Tochter!

Marie. O bester Vater!

Wolf. (führt sie zwischen Wernern und Annen) Hier geb' ich Dich Deinen Eltern wieder.

Werner. Was wollen Sie damit?

Wolf.

Wolf. Dies ist Eure Tochter. Sie verbrannte nicht. Ich rettete Euer Kind aus den Flammen.

Werner. Du meine Tochter?

Anne. Ach Gott im Himmel! noch kann ich's nicht glauben.

Wolf. Es ist Wahrheit. Ich will Euch alles sagen. Ich war bey dem Feuer, das fast dieses ganze Dorf verwüstete, gegenwärtig. Hörte das Geschrey eines Kindes, sprang in die Glut und rettete es. In der Verwirrung gab ich's meinem Diener, der's nach Hause trug. Es geschah keine Nachfrage nach der kleinen Unglücklichen. Ich glaubte ihre Eltern würden durch das Feuer Bettler geworden und ausgewandert seyn. Es ist ein Wink des Schicksals, waren meine Gedanken, Du sollst Vaterstelle bey dieser Waise vertreten. — Wie ich's gethan, da stell' ich mich einst dort oben zur Rechenschaft.

Marie. Sie waren also nur mein Pflegevater? Und thaten so viel an mir. Noch theurer müssen Sie von nun an meinem Herzen werden.

Werner. Aber uns wirst Du doch auch lieben?

Marie. Diese Frage ist schmerzhaft. Wem dank' ich mein Leben?

Wolf. Du wurdest groß. Es entspann sich zwischen dem guten Karl und Dir eine Liebe. Er verlangte Dich zur Gattin. Da machte' ich mir denn einen glücklichen Plan und er gelang. Ohne des Königs Erlaubniß durfte Karl, als ein Christ, keine Jüdin heyrathen. Wenn sie der König ertheilte, würzwürde dieß eine erhabene Lehre für andre Menschen seyn, mit uns armen Juden barmherziger umzugehen. Der weise Fürst gab sie. Auch du, guter Karl, bliebst standhaft, das Geschwätz der Thoren nicht zu achten. Schon heut — wir wurden gestört — hatt' ich beschlossen, deine edlen Gesinnungen mit dem Geständnisse zu belohnen, daß deine Geliebte eine Christin sey: denn auch ein redlich Denkender hängt fester an seinen Glaubensgenossen.

Grosse. Menschen, die Ihnen gleichen, fand ich noch wenige.

Wolf. Das war Schmeicheley: Die haß' ich. Gegen Sie bin ich ein Schüler.

Marie. Nun, mein Karl, liebst du mich itzt mehr, da ich deine Glaubensgenossin bin?

Karl. Ist meine Liebe eines höhern Grades fähig?

Werner. Mutter, denk Dir's mal so recht: das ist unsre Tochter.

Anne. Ach, mir ist's wie ein Traum.

Wolf. Gutes Kind, Du gehörst nun nicht mehr mir. Ich hoffe, dir solche Grundsätze beygebracht zu haben, daß Du den Namen Christ eben so wenig verunehren wirst, als bisher den Namen Jude. (zu Werner und Anne) Nicht wahr, Ihr gebt mir die Erlaubniß, die letzte Vaterpflicht zu verwalten?

Werner. Ach mit Freuden!

Wolf. (nimmt Marien bey der Hand und giebt sie Karln) So bist Du nun die Gattin eines liebenswürdigen Mannes — Der Gott meiner Väter sey mit Euch.

(Sie